ラルーナ文庫

JN105222

スパダリ社長に拾われました
～溺愛スイーツ天国～

安曇ひかる

三交社

CONTENTS

Illustration

タカツキノボル

スパダリ社長に拾われました
～溺愛スイーツ天国～

本作品はフィクションです。
実際の人物・団体・事件などにはいっさい関係ありません。

「お腹減った……」

唇から零《こぼ》れた白い呟《つぶや》きが、二月の闇《やみ》に吸い込まれていく。昼間は活気溢《あふ》れるビジネス街も、この時間になると行き交う人もまばらだ。ビルに囲まれた小さな公園のベンチに腰かけ、片瀬由高《かたせゆたか》は星の見えない夜空を仰いだ。

癖のない前髪が夜風にさらりと揺れる。もともと華奢《きゃしゃ》な身体《からだ》はこの半年でさらに肉が削《そ》げ落ちてしまった。半年着回しているスーツは夏用で、なおさら寒さが骨身にこたえる。

もう何日まともな食事をしていないだろう。一日三食が二食になり、一食になり、カップ麺《めん》がパンの耳になり、今週ついに電気とガスが止められた。アパートの家賃滞納も三ヶ月を超え、一週間後には退去しなくてはならない。

「この時代に餓死とか……」

ありえなくもない未来に、重く長いため息をついた時だ。数メートル離れた隣のベンチに、男がひとり座っていることに気づいた。三十代くらいだろうか、夜目にも高そうだとわかるトレンチコートを羽織っている。

いつからそこにいたのだろう、街灯に照らされた男はどこか疲れた表情で、無心に何かを口に運んでいる。太腿《ふともも》の上に置かれているのはケーキ箱だろうか。全体に桜の花びらがプリントされたそれに、由高は「あっ」と小さな声を上げた。

――『ラ・スリーズ』だ。

それは子供の頃、誕生日やクリスマスに祖母が必ず買ってきてくれた、近所のケーキ店の箱だった。町の小さなケーキ店だった『ラ・スリーズ』も、今や日本を代表する有名菓子メーカーだ。

いかにも身なりのよい男が、何故《なにゆえ》夜の公園で『ラ・スリーズ』のケーキを食べているのだろう。それも不機嫌そうな顔で背中を丸め、ちっとも美味《おい》しくなさそうに。飲み会のシメにケーキを食べるほど、甘いものが好きなのだろうか。

男がシュークリームを手にする。大きく口を開けるその横顔を凝視しながら、由高もついつい一緒に口を開く。

――『ラ・スリーズ』のシュークリーム、大きくて美味しいんだよなあ……。

涎《よだれ》を垂らさんばかりに見つめていると、突然男がこちらを振り返った。慌てて視線を逸《そ》らした由高に、男が言った。

「食うか?」

「え?」

キョロキョロとあたりを見回すが、深夜の公園には由高と男以外誰《だれ》もいない。

「ひとつ食うかと訊《き》いているんだ」

「えっと、あの」

「食うのか、食わないのか。どっちなんだ」

男がひややかな視線をよこす。刺さるような鋭さに、身体がびくんと竦《すく》む。

「え、あ、あの……」

返答に詰まっていると、胃袋がぐう～っと身も蓋《ふた》もなく鳴った。本能が音速で理性を越える音に、男はため息交じりに立ち上がった。

――うわ。

ケーキ箱を手に近づいてくるシルエットを思わず見上げた。背が高い。百八十五センチはあるだろう。しなやかに伸びた手足は驚くほど長かった。

男は由高の隣にドスンと腰を下ろすと、無言でケーキ箱を突きつけた。

「……いいんですか」

「いいも悪いも。そんなにガン見されたら喉《のど》を通らない」

「すみません……」

ごくりと喉を鳴らしながら箱を覗《のぞ》く。色とりどりのカットケーキが五、六、七……八つも入っている。ふたつ食べられた形跡があるので最初は十個入っていたのだろう。生クリームとイチゴの甘酸っぱい匂《にお》いを吸い込んだ瞬間、目眩《めまい》のするような幸福感に襲われた。

途端に腹の虫たちがオーケストラを始めてしまった。夜の公園に響き渡るぐうぐうぎゅるるるるという激しい音色に、男が片眉《かたまゆ》を吊《つ》り上げた。

「どれだけ腹が減るとそんな音が出るんだ」

「す、すみません」

「隣のベンチで餓死されたら夢見が悪いからな。遠慮しないで食え」

男は口元を歪《ゆが》め、ふんっと鼻を鳴らした。笑ったのだろうか。

お世辞にもフレンドリーとはいえない口調だったが、腹の虫はもう限界に達していた。

差し出された手拭《てふ》きで手を拭くと、震える手でイチゴのショートケーキを取り出した。

「それではお言葉に甘えて」

はむっ、とひと口齧《かじ》る。

「うう……」

いきなり顔を顰《しか》めた由高に、男が慌てた。

「どうした。毒なんか入っていないぞ」

「違うんです」

久しぶりに口にしたイチゴの酸味に唾液腺《だえきせん》が過剰反応し、耳の下がツンとしたのだ。

「なんだ、びっくりさせるなよ」

「美味しい……本当に美味しいです。めちゃめちゃ美味しいです」

己の語彙《ごい》の乏しさに絶望しつつ、ものの二十秒でショートケーキを完食してしまった。

五臓六腑《ごぞうろっぷ》に糖分が染み渡る。砂漠でようやく水にありつけた旅人の気分だ。

——もう一個……食べたい。

縋《すが》るような瞳《ひとみ》でじっとりと男を見上げたのは、決してわざとではない。

「好きなだけ食え」

男がまたふんっと鼻を鳴らした。目元が微《かす》かに緩んでいて、今度は笑ったのだとはっきりわかった。

「ありがとうございます。それではふたたびお言葉に甘えて」

そこから由高は、立て続けに残りのケーキを貪《むさぼ》り食った。

渋栗の乗った大人味のモンブラン、しっとりと焼き上げられたベークドチーズケーキ、さっくさくの食感が楽しいミルフィーユ、ふわふわふんわりのミルクレープ、シナモンの香りが絶妙なアップルパイ——。箱いっぱいに詰められたケーキが、あれよあれよと消えていく。

さすがに全部食べたらヒンシュクだぞ〜〜っ！　と心の奥で誰かが叫んでいるが聞こえないふりをした。気づけば箱の中にはガトーショコラと、バナナのシフォンケーキ、ふたつだけになっていた。

——もうちょっと味わって食べないともったいないよな。

ガトーショコラの端を小さく齧ろうとした時、男がふうっと大きく息を吐き出した。

「痩《や》せの大食いってやつか」

呆《あき》れたような声に由高はようやく我に返る。

「す、すみません、つい」

「〝つい〟六つも食べられるのは、ひとつの才能だな。いっそ気持ちがいい」

男が笑う。今度は「あはは」と声を上げて。

「構わない。好きなだけ食えと言ったのは俺だ。どうぞ召し上がれ」

突如紳士然とした口調で言われ、心臓がドクンと鳴った。

意識の九十九パーセントをケーキに奪われていたが、よく見ると男は超のつく美男子だった。真っ直《す》ぐな眉ときりりとした切れ長の目元は、いかにも「仕事のできるビジネスマン」といった印象だ。少し厚めの唇は男の色香を感じさせる。

羽織っているコートも中に着ているスーツもネクタイも、由高のそれとは値段が一桁《ひとけた》違う高級品だろう。当然靴はピカピカ。世の大方の男性の「こうなりたい」を具現化したような男だ。

「ここのケーキ、好きなのか」

由高は「はい」と小さく頷《うなず》いた。

「子供の頃から大好きです。美味しいですよね、『ラ・スリーズ』のケーキ」

「……そうだな」

男は何かをはぐらかすように、視線を夜空に向けた。

本音を言えば「大好きでした」かもしれない。それでも『ラ・スリーズ』のケーキは、昔と変わらず由高の中で世界一のケーキだ。

ふと、懐かしい祖母の横顔が浮かんだ。

「このガトーショコラ、梅酒に浸すとすごく美味しいんですよ」

四年前に亡くなった祖母・サンドラはその昔、『ラ・スリーズ』のガトーショコラを梅酒に浸して食べていた。保育園の頃こっそり真似《まね》をして、酔っぱらって叱《しか》られたことは懐かしい思い出だ。

「梅酒？」

男が振り向き、身を乗り出した。

――うわあ。

今日一番近づいた顔はやはり、超が三つくらいつくイケメンだ。昼間に往来ですれ違ったら、間違いなく二度見するだろう。

「祖母が昔よくそうやって食べていたんです」

「お祖母《ばあ》さんが？」

『こんな食べ方したら、店長さんに叱られちゃうわね、ふふ』

サンドラのいたずらな笑顔が蘇《よみがえ》る。叱られちゃっても仕方ないと思えるくらい、梅酒に浸したガトーショコラは悪魔的に美味しかった。

「きみ、名前は？」

「え？」

「きみの名前を知りたい。俺は三戸部篤正《みとべあつまさ》だ」

「えっと……片瀬由高です」

蚊の鳴くような声で答えた。そして戸惑った。夜の公園でひとりケーキを貪り食っていた理由はわからないが、篤正はどこからどう見てもまともなビジネスマンだ。身なりで人を判断してはいけないが、自分のような人間とは一生関《かか》わることのない人種に思える。名前を知りたがる意味がわからない。

——新手の詐欺だったりして。

ケーキを餌《えさ》に誘拐されちゃうパターンだろうか。などとぐるぐる考えていると、篤正がすっくと立ち上がった。

「片瀬くん、この後予定は？」

見下ろされて、「へ？」と間抜けな声が出た。

「もし何もないのなら、ちょっと付き合ってほしいんだが」

「付き合うって、あの、おれ」

意を解せず目を瞬《しばたた》かせていると、篤正は由高の手からガトーショコラを奪った。

「あ……」

思わずケーキを視線で追ってしまう。

「取り上げたりしないから安心しなさい。場所を変えて食べないかと提案しているんだ」

苦笑交じりに言われ、恥ずかしくて消えてしまいたい気分だった。食い意地の権化だと思われたに違いない。

「何か予定があったか？」

由高は俯《うつむ》いたままふるふると頭を振った。日付も変わろうという時間だ。この後はアパートに帰って、来週の退去に向けて荷造りをするだけだ。

「よし。決まりだ。行こう」

どこへ？　と尋ねようと顔を上げると、篤正がポケットからハンカチを取り出した。

「拭きなさい。クリームがついている」

唇の端を指さされ、由高は「あ……」とまた下を向いた。頰《ほお》が熱い。

「すみません……お借りします」

ハンカチを受け取り唇の生クリームを拭きとると、篤正は「こっちだ」と踵《きびす》を返し、大通りに向かって歩き出した。由高は慌てて立ち上がると、戸惑いながら広くて大きな背中を追った。

『総務に片瀬っているじゃん』

『ああ。しゃべったことないけど』

『あいつ、ヤバイ副業してるらしいぜ』

去年の初夏、給湯室で偶然耳にした同僚たちの会話。思えばあれが悪夢の始まりだった。

『夜な夜な男相手に身体売ってるって話。営業のなんとかってやつが、ホテル街で現場見たんだって。あと経理の新人も見たらしい』

『うわ、マジか。確かに男にしておくのはもったいないくらい可愛《かわい》い顔してるけど』

『あいつほら、祖母さんがノルウェー人だかフィンランド人だかだろ？　フリーセックスの国の血が騒ぐんだろうな。可愛い顔してやることがえげつないよな。あ、これここだけの話な』

根も葉もない噂《うわさ》話を吹聴していたのが隣の課の同期だったということも、彼が社内のあちこちで同じ話を触れ回っていたことも、その時の由高はまだ知らなかった。

——営業のなんとか？　経理の新人？　見たらしい？

あまりのいい加減さに怒りを通り越して呆れた。ちなみにサンドラはノルウェー人でもフィンランド人でもなく、スウェーデン人だ。由高がゲイであることは事実だが、身体を売ったことなど神に誓って一度もない。

——大体フリーセックスの国って、いつの時代の話をしてるんだ。

くだらないにもほどがある。こんなバカバカしい話を信じるやつなどいない。だから完全無視を決め込んでいた。廊下ですれ違う女子社員たちが『ほら、あの人が』などと声を潜めて囁《ささや》き合っていても、聞こえないふりをした。人の噂のタイムリミットは昔から七十五日と決まっている。

ところがある日、直属の上司に呼ばれ、『副業は社内規則違反だ』と抑揚のない声で言われた。無論即座に否定したが上司は聞く耳を持たなかった。本人の言い訳より実態のない噂話の方を信じていることは明らかで、由高は初めて大きなショックを受けた。

事態が急速に悪化し始めた。さすがに放ってはおけないと、噂を流した同期を呼び出して問い詰めたが、のらりくらりとかわされ、最後まで白を切られた。

数日後、由高は県内のはずれにある倉庫に異動を命じられた。冷静に考えれば労働基準法違反だ。然《しか》るべき機関に相談することもできただろうが、当時の由高はそんな考えさえ浮かばないほど打ちのめされていた。誰も信じられなくなっていた。

人気のない倉庫でひたすら段ボール箱の片づけをしながら、火のないところに煙は立つものなんだなとぼんやり思った。煙に巻かれて窒息死することだってある。

――おれはまだ死にたくない。

ひと月後、由高は退職届を提出した。高卒でこれといった資格もない二十二歳の再就職活動は、予想通りいばらの道だった。短期のアルバイトで繋《つな》ぎながら数えきれないほどだたくさんの会社の面接を受けたが、なかなか良い返事がもらえず、焦るほどに精神と靴底が削られた。

家庭に恵まれなかった由高は、父方の祖母であるサンドラに育てられた。祖母譲りの緑がかった大きな瞳と小ぶりな口元は、男にしては柔らかい印象を与えるらしく、小学生くらいまではよく女の子に間違われた。可愛いねと言われるたび複雑な気持ちになったものだが、今はその面影も消えた。

鏡に映る表情からは覇気が消え、目は落ちくぼみ、まるで幽霊のようだ。自分が面接官でも絶対に採用しないだろうと思うのに、もうどうしたらいいのかわからない。次第に面接に行こうとすると吐き気と目眩に襲われるようになり、精神的にギリギリのところまで追い詰められていた。アルバイトをする体力もなくなってしまった。

そしてついに先月、失業保険の給付期間が終わってしまった。いよいよホームレス生活が現実味を帯びてきた今夜、深夜の公園で思いもよらない出会いがあった。

三戸部篤正と名乗った男にタクシーで連れていかれたのは、繁華街のビルの地下にあるバーだった。バー初体験の由高にもわかるほど、あからさまな高級感が漂っていた。カウンター席の他にテーブル席が四つあるだけの狭い店内は、シックなダークブラウンとゴールドに統一され、会話の邪魔にならない程度の音量でジャズが流れている。

「いらっしゃいませ。お待ちしていました」

黒服の店員が丁寧な所作で迎えてくれた。

「いつものお席でよろしいですか？」

「いや、今夜はテーブル席にしよう。一番奥がいい」

「かしこまりました。どうぞ」

席に案内させる途中、半年間クリーニングに出していないスーツが臭《にお》いはしないかと気が気ではなかった。

「片瀬くん、何か食べるか？」

席につくなりメニューを開き、篤正が尋ねる。

「いえ……さすがにお腹いっぱいです」

緊張気味の由高に、篤正は「だろうな」と小さく笑った。

「飲めるのか？」

「少しなら」

「何にする？」

行きつけだった安居酒屋では迷わず「カシオレ」を頼むのだが、本革製らしきメニューブックにそんな大衆向けの酒が載っているとは思えない。

「三戸部さんと同じものを」

遠慮がちに告げると、篤正は「そうだな……」と少し考え「カシスオレンジは好きか？」と尋ねた。由高は思わず「え？」と目を見開く。

「苦手か？」

「いえ、好きです」

むしろ普段はそればかりなのだが、まさか心の中を読まれたのだろうか。

――「とりまカシオレ！」とか言うタイプには見えないけど。

どちらかというとカウンターでウイスキーのロックを傾けるのが似合いそうだ。

篤正がパタンとメニューを閉じる。

「カシスオレンジふたつ。それと、電話でお願いしたものを」

「かしこまりました。よろしければそちらのケーキ、お皿に移しましょうか」

「ああ、そうしてもらえると助かる。悪いね、持ち込みなんて」

「構いませんよ」

店員は笑顔でガトーショコラとシフォンケーキの入ったケーキ箱を受け取ると、「少々お待ちください」と去っていった。お願いしたものが何なのか、由高は知っている。篤正がタクシーの中で電話をしているのを聞いていたからだ。

「お待たせいたしました」

しばらくして店員が運んできたのは、目にも鮮やかなカシスオレンジがふたつと、それそれ皿に載せられたガトーショコラとシフォンケーキ、そしてボトルに入った琥珀色《こはくいろ》の液体――梅酒だ。気を利かせてくれたのだろう、取り皿も用意されていた。

店員が去っていくのを待って乾杯をした。ひと口飲んで、由高は目を丸くした。

「……ん、美味しい！」

「それはよかった」

由高の知っているカシスオレンジは、微かにカシスの風味のする「ほぼオレンジジュース」だ。氷が解けるにしたがって「ほぼ水」になるので三杯飲んでもほとんど酔わない。

ところが今口にした液体は、ほんの少し含んだだけでカシスの爽《さわ》やかな香りがふわりと鼻腔《びこう》を抜けていく。

――本物のカシオレって、こういう味なんだ。

感動を噛《か》みしめていると、篤正が「さて」とフォークを手に取った。

「ガトーショコラを少しもらっても構わないかな？」

「も、もちろんです。そもそも三戸部さんのケーキですから」

――おれが六つも食べちゃったんだけど……。

あらためて恐縮する由高の前で、篤正はガトーショコラを四分の一ほど切り取り自分の取り皿に移した。

――指、長いな……。

背が高い人は大概手も大きい。節だった長い指が器用に動く様子を見ていると、なんだか胸のあたりがざわざわした。

「梅酒はどれくらいかければいいんだ？　お祖母さんは浸していたと言っていたが」

「わりと豪快にかけていました」

サンドラはフォークで押すとケーキから梅酒が染み出すくらい浸していた。

「なるほど。よかろう」

篤正は梅酒のボトルを開けると、取り皿のガトーショコラの上に注いだ。スポンジがしっとりしてきたところで、フォークで口に運んだ。瞬間、表情が変わる。

「どうですか？」

「……美味《うま》い」

「よかったあ」

味覚は人それぞれだし好みもある。もし不味《まず》いと言われたらどうしようと内心ドキドキしていた由高は、ホッと胸を撫《な》で下ろした。

「驚いたな。ガトーショコラが梅酒とこんなに馴染《なじ》むとは。けどさすがに少し甘みが強いな」

「『ラ・スリーズ』のガトーショコラって、あんまり甘くないんですよね。昔のは今よりもっと甘さが控えめでした。カカオの味がしっかりしていて、梅酒との相性は抜群でした。

カカオと梅酒って、実はすごく合うんです」

「なるほど」

篤正は何度も頷きながら、梅酒漬けのガトーショコラを味わっている。いい大人がケーキの味変に本気でびっくりする様子に、由高はちょっぴり和んでしまった。

「ちなみにそっちのシフォンケーキは、胡椒《こしょう》をかけると美味しいですよ」

「何？　胡椒？」

篤正が目を見開く。

「バナナの甘さが前面に来るんですけど、生地にほんのちょっとだけチーズが入っていると思うんです。だから――」

由高の説明が終わる前に、篤正は店員を呼びつけ「胡椒を持ってきてくれ」と頼んだ。

果たしてひとつまみの胡椒は、シフォンケーキの味を劇的に引き立てた。篤正は「なんてこった」とでも言いたげに、目を閉じて首を横に振った。

「驚かれましたか？」

「ああ驚いた。もしかして片瀬くんは、業界の人間か？」

「業界？」

「パティシエとかじゃないのか？」

真顔で尋ねる篤正に、由高は「まさか」と首を振った。

「普通のサラリーマンです」

正確には「でした」だけど、と心の中で付け加える。

ただ、子供の頃から飛びぬけて味覚が鋭かった。一度食べたものの味を正確に記憶できるのだ。「こんな味だった」という感覚的な記憶とは違い、原材料や調味料、スパイスに至るまで言い当てることができ、配合の割合もおおよそだがわかる。大好きなスイーツに関して、その能力は特に顕著だった。

それが「絶対味覚」と呼ばれる特殊な能力らしいと知ったのは最近のことで、子供の頃は周りのみんなも同じなのだろうと思っていた。将来仕事に生かそうと考えたこともあったが、いかんせんそれを再現する調理の技術が決定的に欠けていた。目玉焼きすらまともに焼けない驚異的な料理センスのなさのおかげで、天から与えられた特殊能力は今もって宝の持ち腐れとなっている。

――そもそも仕事を選んでいる余裕なんて、なかったし。

卒業したら調理師学校に行きたい。将来への夢を描き始めた高校二年生の冬、たったひとりの家族だったサンドラが急逝した。高校卒業までの学費が用意されていたことは不幸中の幸いだったが、夢など見ている場合ではなくなった。学校の推薦で入社した会社は福利厚生もちゃんとしていて残業も少なかった。あんなことがなければ、今もまだ働いていたに違いない。

「きみは食べないのか」

　ぼんやりしているうちに、篤正は自分の分を食べ終えてしまった。

「おかげさまでお腹の虫はすっかりおとなしくなりました」

「俺も甘い物はもういい。実はきみに声をかける前に、シュークリームとレアチーズケーキを平らげている。さすがにこのあたりが甘ったるくなってきた」

胸を擦《こす》りながら、篤正が店員に声をかけた。運ばれてきたボトルのスコッチが半分ほどの量になっているのを見て、由高はハッとした。

おそらく篤正は普段カシスオレンジなど頼まない。由高に合わせてくれたのだ。由高が篤正に「カウンターでウイスキー」という印象を持ったように、篤正は由高を見て「居酒屋でカシオレ」という印象を抱いたのだろう。

夜の公園で腹の虫に合唱をさせていた、よれよれのスーツ姿の青年。どう考えてもワケアリなのに、こうして自分の行きつけのバーに連れてきてくれた。

——最初ちょっと怖かったけど、優しい人なのかも。

「あの、どうしておれみたいなのに声をかけてくれたんですか」

おずおずと尋ねると、篤正は嫌味なほど長い脚をゆっくりと組み直した。

「言っただろ。隣で餓死されたら夢見が悪いからだ」

「『ラ・スリーズ』のケーキ、お好きなんですね」

「まあ……な」

その声は『美味しいですよね』と同意を求めた時と同じように、どこか曖昧《あいまい》でぐもっていた。単に甘い物が食べたかっただけで、特別『ラ・スリーズ』が好きというわけではないのだろう。

「きみは、ずいぶんと思い入れがあるようだな」

「はい」

育ての親である祖母が、誕生日やクリスマスに必ず『ラ・スリーズ』のケーキを用意してくれたこと、それが何より楽しみだったことを話した。

「『ラ・スリーズ』のケーキはおれのソウルフードなんです。でも……」

言い澱《よど》む由高の顔を、篤正が覗き込む。

「飲むか？」

いつの間にかカシスオレンジが空になっていた。スコッチを勧められ、由高は「いただきます」と頷いた。滅多に口にしない強い酒が欲しい気分だった。

「でも、なんだ」

「今の『ラ・スリーズ』のケーキも、もちろん美味しいんですけど、おれが小さい頃食べていたケーキとは、ちょっと違うというか」

一瞬、篤正の手が止まったように見えたのは気のせいだろか。

今や全国規模の業界大手へ成長した『ラ・スリーズ』だが、最初は県内にある小さなケーキ店だった。サンドラとふたりで暮らしていたアパートの斜め向かいにあったその店は、いかにも町のケーキ屋さんといった感じのこぢんまりとした店舗で、優しそうなお爺《じい》ちゃんとお婆《ばあ》ちゃんがいつも笑顔で迎えてくれた。

サンドラの話ではその老夫婦が初代で、三十年ほど前に二代目となった長男が『(株)ラ・スリーズ』を興したのだという。それでも初代夫婦は小さなケーキ店を細々と続けていたが、由高が小学校に上がる頃、店主であるお爺ちゃんが亡くなり閉店してしまった。

「祖母は新しい『ラ・スリーズ』のケーキを買ってくれませんでした」

「味が……違うからか」

由高は小さく頷く。スコッチのロックに喉が焼けたけれど、嫌な感じではなかった。

「子供の頃に食べていた元祖『ラ・スリーズ』のケーキは、全部手作りだったからだと思うんですけど、素朴で温かみのある味でした。お爺ちゃんとお婆ちゃんの人柄が表れているのねって、祖母がよく言っていました」

グラスを傾けながら篤正が静かに頷く。小さく眉根を寄せているところをみると、やっぱり喉が焼けるのだろうか。

「今の『ラ・スリーズ』のケーキも、もちろん美味しいです。でも高級感がありすぎて、おれにはちょっと敷居が高いというか」

ガラスケースの向こうでお爺ちゃんとお婆ちゃんが『また来てね』と手を振る姿が、今も目蓋《まぶた》の裏に浮かぶ。もしどちらかを選べと言われたら、迷わずあの頃のケーキを選ぶだろう。篤正は手のひらでグラスを遊ばせながら「なるほど」と呟いた。

「すみません。ケーキご馳走《ちそう》になっておいてこんなこと。しかも六個も一気食いしておきながら言うことじゃないですよね」

篤正が俯けていた顔を上げた。視線が合うと、ふたり同時に噴き出した。

「構わない。きみはなかなか面白い」

「面白い？　そんなこと言われたの、生まれて初めてです」

「亡くなったお祖母さんの話、もっと聞かせてくれるか」

サンドラの話ならひと晩中でもできる。

「おれの祖母は、スウェーデン人なんです」

「やっぱりそうだったのか」

色白で瞳がほんの少し緑がかっているので、北欧あたりの血が混じっているのではないかと思っていたという。

「小さい頃はよくからかわれました」

「子供は残酷な生き物だからな」

「でも『お祖母ちゃんと同じ色』って言われるのは嬉《うれ》しかったです」

たったひとりの肉親。幼い由高にとってサンドラは世界のすべてだった。

「セムラっていうスウェーデンの伝統菓子をご存じですか？」

「イースターの時に食べるやつだな」

カルダモン風味の甘いパンをくり抜き、そこへアーモンドペーストを入れ、上にホイップクリームをかけて食べる、コロコロとした愛らしい丸形のパンだ。見た目は小さめのシュークリームに似ている。その昔は四旬節の断食の時にだけ食べられていたらしいが、現在はクリスマス明けになるとスウェーデン中の洋菓子店に並ぶらしい。ここ数年日本でも時折目にするようになった。

「お店がなくなる前の年、祖母が『ラ・スリーズ』のお婆ちゃんにその話をしたそうなんです。『セムラは私のソウルフードなの。でも日本に来てからは一度も食べていない。いつかまた食べてみたい』って」

由高の前では、サンドラはいつも明るく気丈だった。けれど異国の地でたったひとりで孫を育てる苦労や不安は想像に難くない。店長夫妻が片瀬家の事情をどこまで知っていたのかはわからないが、いつ行ってもまるで家族のようにとても温かく迎えてくれた。

「祖母は世間話のつもりだったみたいなんですけど、次に行った時、ショーケースの片隅になんとセムラがあったんです」

今日と同じくらい寒い日だった。『ふたつください』と財布を開こうとするサンドラを、店長が止めた。

『これはあなたたちへのプレゼントとして作ったんだから、お代はいりません。いつもケーキを買いに来てくれてありがとう』

その言葉にサンドラは涙した。彼女が由高に涙を見せたのは、後にも先にもその一度だけだった。

「翌年お爺ちゃんが亡くなって『ラ・スリーズ』は閉店してしまいました。だからあれは祖母にとって、日本で食べた最初で最後のセムラだったんです」

シャッターの閉まった『ラ・スリーズ』の前に立つサンドラの寂しそうな顔を、由高は今も忘れることができない。

「アパートに帰ると、祖母が牛乳を温めてくれました。なんていう食べ方だったかな、えーっと、確かヘート……ヘート……」

「ヘートヴェッグ」

「そうです！　ヘートヴェッグ！」

思わず声が弾んだ。

「詳しいんですね。三戸部さん、スウェーデンに行ったことあるんですか？」

「いや、ない」

「実はおれもないんです。祖母の祖国ですから、いつかは行ってみたいなあと夢見ているんですけど……」

仕事が見つからないまま来週にはアパートを出なければならない。今の由高には海外旅行など夢のまた夢だ。

「夢というのは、諦《あきら》めずに思い続けているといつか叶《かな》うらしいぞ」

「……え」

「どうせ行かれないと決めつけず、周りにも『いつかスウェーデンに行きたいんだ』とアピールしておくんだ」

「アピール、ですか」

「例えばだ。会社で誰かひとりスウェーデンに行かせることになったとする。さて誰を行かせようと考えた上司は『そういえばあいつ、行きたいと言っていたな』と、真っ先にきみの顔を思い浮かべるだろう。日頃から『行きたい』『興味がある』とアピールすることで、少なくとも候補に入れてもらえる可能性は格段に高まる」

「そういうものなんでしょうか」

「社員が思っている以上に、経営者というのは彼らのやる気を重く見ているものだ」

篤正は、まるで自分が社長か経営者であるかのように持論を口にした。

もし同じことをハローワークの職員に言われたら、きっと違う感情を抱いただろう。いつかって一体いつですか？　機会が巡ってくると、どうして断言できるんですか？　仕事が欲しい、くださいと精一杯アピールしているのに、なぜチャンスは一向に巡ってこないんですか？　そんなふうに鼻白んだに違いない。

けれど篤正の言葉は、不思議なくらい由高の胸に沁《し》みた。極度の空腹を満たしてくれた人だからかもしれない。サンドラの国の伝統菓子を知っていたからかもしれない。

——それに……。

篤正がグラスを傾ける。喉仏がゆっくり上下する様に、ドクンと心臓が鳴った。

「どうした。俺の顔がそんなに好きか？」

「あぁっ、いえっ、じゃなくて、はい」

——それに、めちゃくちゃ素敵な人だし。

我知らず篤正の顔をじっと見つめていたらしい。由高は慌てて視線をテーブルに落とし、グラスのスコッチを呷《あお》った。

「どっちなんだ」

「すみません」

「答えになっていないな」

ニヤリとしながら篤正が身を乗り出す。由高は反射的に身を引いた。

——こ、この人絶対、自分がかっこいいってわかっててやってる……。

由高が何を思って自分を見つめていたのか、わかっていて訊いているのだ。

「三戸部さん、モテるでしょ」

「ああ。モテる」

あまりに素直な返答に、由高は噴き出してしまった。顔色は変わらないが、いくらか酔っているのかもしれない。

「半端なくモテそうです」

「確かに迷惑なくらいモテるな。そっちだってモテるだろ？」

「へ？　おれですか？」

思いがけない返しに、由高は目を瞬かせる。

「そのミステリアスな瞳で、女の子を口説いたりしてるんじゃないのか？」

「してません。ていうかおれはまったくモテません」

「本当かなあ」

「本当ですってば」

変な色の目と、子供の頃はよくからかわれたが、ミステリアスなんて言われたのは初めてのことだった。

「超イケメンな上に褒め上手だなんて、そりゃあモテますよね。モテて当然です。モテ要素爆盛りですもん。丼からイクラが溢れてます」

「なんだそれは」

「三戸部さん欲張りすぎです。ずるいです。世の男たちの敵です」

「何言っているんだか。さてはお前、酔っぱらってるな？」

「きみ」から「お前」に変わったのは、格上げなのか格下げなのかわからないけれど、篤正との距離が縮まったみたいで嬉しかった。

「こ～んな強いお酒飲んで、酔っぱらわないわけないじゃないですか」

由高は、あははと笑う。篤正も笑った。

「お前の言う通りだ。ちなみに明日は休みなのか？」

「はい」

明日だけじゃなくずーっと休みですけど。

「よし。それなら今夜はとことん飲むぞ」

「いただきます」

「飲みすぎるなよ？」

「手遅れですね」

天井が回っている。メリーゴーラウンドみたいですごく楽しい。篤正も楽しそうで、それがとても嬉しかった。高校卒業と同時に働き出した由高にとって、酒を飲む相手はいつも上司か同僚だった。仕事の愚痴や、時に説教を聞かされながら飲む酒を、心から美味しいと思ったことは一度もなかった。

――お酒って、誰と飲むかで味が決まるんだな。

モテるだのモテないだのと他愛《たわい》もない話をしながら酒を酌み交わし、笑い合う。こんなに楽しい夜を過ごすのは、生まれて初めてだった。

――時間が止まればいいのに。

本気でそんなことを願ってしまうほど、気分が高揚していた。

「なあ、片瀬くん」

「あいっ」

「あのなあ、そんな可愛い返事をすると、誘拐されるぞ」

「可愛い？　誘拐？　三戸部さんこそ酔ってますね？」

「こんな強い酒カパカパ空けてるんだ。酔っていないわけないだろ」

「ですよね～」

「あははははは」

「あははははは」

――神さま、人生最高の夜をありがとうございます。

心で手を合わせたら、メリーゴーラウンドが急にスピードを上げた。ぐらりと身体が傾《かし》ぐ。

「おい、大丈夫か」

「らいじょ〜ぶ、れす」

「水を飲め」

差し出されたチェイサーを摑《つか》もうとした手が、空を切った。

「ありゃま」

「おいっ」

天井だけでなく店全体がぐるぐる回り出す。急激に眠気が襲ってきて、由高は意識を手放した。


胃のむかつきと喉の渇きで目が覚めた。ゆっくりと目を開く。天井がやけに遠い。壁のあちこちに染みがない。築三十五年の自宅アパートでないことはすぐにわかった。

——どこだ……ここ？

起き上がろうとすると、頭の奥にぐわわんと寺の鐘のような痛みが響いた。

「っ……」

思わず両手で頭を抱えた。体調は最悪なのに、なぜかやけに寝心地のいい布団の中にいる。重力を無視した軽さは間違いない、憧《あこが》れの羽毛布団だ。そしてつるつるした触り心地の布団カバーはおそらくシルク。由高自身も同じシルクのパジャマを身に着けている。

焦り気味に昨夜《ゆうべ》の記憶を手繰る。昨日は午前に一件、夕方に一件、面接があった。どちらの会社も手ごたえはゼロでひどく落ち込んだ。電車賃がもったいなくて二十キロ近い道のりを徒歩で帰宅することにした。途中で日が落ち、夜になり、お腹が空いて歩けなくなった。ビジネス街の小さな公園のベンチに腰を下ろしたら、そのまま動けなくなってしまって、お腹が鳴って……。

三倍速で記憶が蘇り、由高はひゅっと息を呑《の》んだ。

――ここ、三戸部さんの家だ。

『大丈夫か。もうちょっとだからな！』

『ぎもぢわるいですぅぅ……うえっ』

『待て待て！　トイレまで我慢しろ！』

玄関からトイレまで運んでもらったことを思い出した。

――間に合ったのかな。間に合わなかったのかな。

必死に記憶を辿《たど》っていると、部屋の扉が開いた。

「よう。起きたか」

「お、おはようございますっ」

ゆるゆるのパジャマの胸元から乳首が見えそうになっている。思わず前立てを整えると、篤正がふんっと鼻で笑った。

「気分はどうだ」

「大丈夫です――うわっ」

ベッドから下りようとして、足をもつれさせた。床に転がる寸前で、篤正に抱き留められた。その腕の力強さに身体がかあっと熱くなる。

頬に当たる胸板が厚い。しなやかな筋肉の感触がやけに生々しくて、思わず身を捩《よじ》って長い腕から逃れた。一瞬驚いたような顔をした篤正だが、すぐにその端整な目元を緩めた。

「まだ酔っているのか」

呆れたように嘆息する篤正は昨夜のスーツ姿ではなく、黒のセーターにコットンパンツという部屋着姿だった。ラフな格好をしても、やはり目が覚めるほどの美男子だ。

「……すみません。大丈夫です」

勝手にドクドク鼓動を速めている自分を恥じた。篤正は転びそうになった自分を助けてくれただけなのに――と、思ったのだが。

「心配するな。何もしていない」

「……へ？」

どういう意味だろう。きょとんと首を傾げる由高に、篤正はやれやれと肩を竦めた。

「そんなことだろうとは思ったが、やっぱり覚えていないのか？」

『ねーねー、三戸部さん。こーゆーのを世間では〝お持ち帰り〟ってゆうんですよね？　おれ、お持ち帰りされるの初めてなんですよね〜。ちょー緊張します』

『もうしゃべるな。吐くぞ』

『お持ち帰りどころかぁ、二十二年間誰とも付き合ったことがない、それはそれは清〜い身体なんです。でも、いいですよ？　三戸部さんかっこいいし優しいし。でへ』

『片瀬くん』

『由高でいいですよ』

『ちょっと黙って――』

『うう……またぎもぢわるぐなってぎだ……』

『だからしゃべるなと言っただろ〜〜っ』

タクシーの中でのやりとりを淡々と語られ、由高は目眩を覚えた。

――おれのバカ……。

訊かれもしないのに自らゲイだと告白するなんて。

「ご、ご迷惑をおかけしました。なんとお詫《わ》びすればいいのか」

腰を九十度に折ったら、また頭の中で鐘が鳴った。

「うっ……」

「絵に描いたような二日酔いだな」

「本当に申し訳ありませんでした。穴があったら入りたいです」

え？　と目を眇《すが》める篤正に、全身の毛孔から汗が噴き出す。

「ああっ、穴って、変な意味じゃないですから。つまりそれはものの喩《たと》えで」

「別に何も言っていないだろ」

「本当に本当に、すみませんでした……」

勝手に自滅していく由高に、篤正は小さくため息をついた。

「気にするな。調子に乗って飲ませた俺も悪い。とりあえず起きられるなら起きてこい。朝飯を用意してある」

「そんなっ、朝ご飯なんて。どうかお構いなく」

これ以上迷惑をかけられないと恐縮しまくる由高に背を向けた篤正は、ドアノブに手をかけながら衝撃的な台詞《せりふ》を放った。

「汚れたスーツはクリーニングに出しておいた。飯を食い終わる頃には届くだろう」

「っ！」

「着替えはそこに用意しておいた。俺のだからサイズが合わないだろうが我慢してくれ」

軽やかに言い残し、篤正は部屋を出ていってしまった。

――間に合わなかったのか……。

由高はもう一度頭を抱え、己のアホさを死ぬほど呪《のろ》った。

「うわあ」

篤正サイズのぶかぶかのスエットに着替えた由高は、ダイニングに入るなり感嘆の声を上げた。テーブルに並べられたのは美しくカットされた色とりどりのフルーツ。

「これ、全部三戸部さんが？」

「他に誰がいる。料理はしないが果物を切るくらいのことはできる」

二日酔いの由高のために篤正が用意してくれたらしい。

――こんなにたくさんのフルーツが家にあるなんて……。

オレンジ、パイナップル、キウイ、マンゴー、なぜだかわからないけれど、むらさき大根の胡麻《ごま》まぶしもある。りんごひとつ買えない暮らしが続いている由高にとって、目の前に広がる光景は南国の王様の食卓のように見えた。

「あの、ご家族は……」

「ひとり暮らしだ」

それを聞いて安堵《あんど》した。もし家族がいたら、直ちに昨夜の痴態を謝らなくてはならない。

――それにしても広い部屋だなあ……。

リビングとダイニングだけで三十畳以上あるだろう。他に少なくとも篤正の寝室と由高が泊めてもらった部屋がある。窓から見える光景から推測するに、かなりの高層マンションの上層階だ。昨夜の服装といい、篤正は相当裕福なのだろう。

「食欲がないなら無理に食べなくてもいいぞ」

深夜のバーでグラスを傾ける姿もため息が出るほど素敵だったが、明るいダイニングでコーヒーを飲む姿もうっとりするほど様になっている。

「今の今までなかったんですけど、急に湧《わ》いてきました」

「それを聞いて安心した。好きなだけ食べなさい」

「それではお言葉に甘えて……」

昨夜から何度同じ台詞を口にしただろう。強烈なデジャブを覚えながら、由高は次々にフルーツを平らげていった。

「ところで昨日の話なんだが」

むらさき大根をフォークで刺す由高の向かい側で、篤正はコーヒーカップをソーサーにカチャリと置いた。

「お前、昔の『ラ・スリーズ』の味を、よくはっきりと覚えていたな」

「昨夜言ったように、『ラ・スリーズ』はおれのソウルフードで――」

そうじゃない、と篤正は首を振った。

「元祖『ラ・スリーズ』のケーキは、素朴で温かみのある味だったとお前は言った。だったようなとか、気がするとか、曖昧な言葉を使わなかった。つまりお前は今でもはっきりと子供の頃に食べたケーキの味を思い出すことができるんじゃないのか？　だからこそ今の『ラ・スリーズ』の味が、昔と違うとわかるんだろ？」

篤正がぐっと身を乗り出す。熱の籠《こも》った瞳に、朝から心臓の動きが慌ただしい。

「実はおれ、他人より味の記憶が正確みたいなんです」

篤正の目が大きく見開かれた。

「絶対味覚ってやつか」

「そんなふうに呼ぶ人もいるみたいですね」

「やっぱりそうだったのか」

篤正は椅子《いす》の背もたれに背中を預け、大きく頷いた。

業界の人間でもないのに味覚が鋭く、思い出のケーキとはいえ十五年以上昔の味をやけにはっきりと覚えている。篤正は「もしや」と思ったのだという。

「もう一度訊くが、お前は料理人でもパティシエでもないんだな？」

「違います」

「そんな特殊な才能を持っているのに、なぜならなかった」

「才能だなんてそんな」

由高は照れながらむらさき大根を口に運んだ。

――ん？　なんか味が……。

「もったいない！」

篤正がバン、と両手をテーブルに置いた。驚いた由高は口の中のむらさき大根を呑み込んでしまった。

「宝の持ち腐れだ。天から与えられた才能をなぜ生かそうとしないんだ」

――天から与えられた才能か……。

由高は小さく嘆息し、フォークを置いた。

「本当にそんな大層なものじゃないんです」

「謙遜《けんそん》は無意味だ」

「謙遜なんてしていません。たとえば今食べたむらさき大根の味ですけど」

「むらさき大根？」

篤正がきょとんと目を瞬かせた。

「このむらさき大根は、おれの知っているむらさき大根とまったく味が違いました」

黒い粒々はてっきり胡麻だと思っていたが、胡麻ではなく何かの種のような味がした。

「むらさき大根は保育園の頃に一度食べたきりですが、どんな味だったか今でもはっきりと覚えています。こんなに甘くなかったし、フルーティーでもありませんでした」

篤正は何かを言いあぐねるように「……だろうな」と頷いた。そして腕組みをしたまま唇に拳《こぶし》を当てると、笑いをこらえるように肩を震わせ呟いた。

「味覚以前の問題か」

「……え？」

「いや、なんでもない」

「とにかくそういうことがわかるだけ。それだけのことです。味覚が人より多少鋭くても、味の記憶ができても、おれにはそれを生かす料理のセンスがありません」

「料理というのは慣れだ。毎日続けていれば徐々に上手くなる」

「子供の頃から練習はしています。けど今もって上達の兆しすら見られません」

「努力は続けてこそ意味が――」

「十年練習しても目玉焼きがまともに焼けません。というか卵を壊さずに割ることができません。野菜炒《いた》めは、炒める前に必ず指を負傷します。炒める段階に漕《こ》ぎつけたとしてもかなりの確率で火傷《やけど》をします。あまりに事故が多いので、中学の調理実習では、先生に調理台に近づくことすら禁止されました」

片瀬くんは怪我《けが》するといけないから見学ね。毎回すまなそうにそう言われた。決して勉強ができなかったわけではないのに、家庭科だけはいつも目を覆いたくなるような成績だった。どんなに頑張っても逆上がりができない子供がいるように、由高は今も料理が壊滅的に下手だ。

「体育の見学は珍しくありませんが、調理実習の見学なんておれ以外に聞いたことがありません」

不器用で済まされるレベルではない。神さまは由高に絶対味覚という特殊な能力を与える代わりに、料理に関するセンスと技量の一切を奪ったのだろう。

さすがに返す言葉がないようで、篤正は唖然《あぜん》とした顔で由高の独白を聞いていた。

「味見だけの仕事なんて、どこにもありません」

そんな都合のいい仕事をさせてくれる会社があるなら、とっくに門を叩《たた》いている。世の中はそんなに甘くないのだと項垂《うなだ》れた時だ。

「あるぞ」

その声に、由高はのろりと顔を上げた。

「お前のその天賦の才能を生かす仕事がある。由高」

「はい……あ、えっ？」

「名前で呼べと言ったのはお前だろ」

「ああ、そう……でしたね」

記憶はないけれど。戸惑う由高に、篤正はどこか楽しそうだ。

「お前のその天賦の才能を、最大限に生かせる仕事を俺は知っている。『ラ・スリーズ』に入社しろ」

「『ラ・スリーズ』に？」

訝《いぶか》る由高に、篤正は自分が『ラ・スリーズ』の人間だと打ち明けた。

「なあんだ、だから昨夜『ラ・スリーズ』のケーキを食べて――あっ」

由高はひゅっと息を呑んだ。

「ごめんなさい。おれ、失礼なことをたくさん言っちゃって」

「失礼なことを言われた記憶はないが?」

「でも部外者のくせに余計なことをいろいろと……すみませんでした」

敷居が高いとか、昔の方が美味しかったなんて言われたら、不愉快になって当然だ。しかし篤正は気分を害した様子もなく、それどころか若干興奮気味に瞳を輝かせている。

「余計なことを言われた覚えもない。隠すつもりはなかったんだが、社外の人間の忌憚《きたん》のない意見を聞きたかったんだ。――なあ、由高」

しっとりとした低い声で呼ばれ、身体がビクンと竦んだ。

「『ラ・スリーズ』に入れ。お前の才能を生かす場所を用意すると約束する」

「でも……おれ、高卒です」

「学歴は不問だ。人事権は俺にある」

「じ、人事部の方だったんですかっ」

人事と聞くと反射的に背筋がシャキンと伸びる。就活病だ。

「人事部……ではないが、人事権はある」

どう見ても三十代くらいにしか見えないが、篤正はそれなりの地位にあるらしい。

――役付きだったりして。

だからこんな高そうなマンションに住めるのだろう。

「『ラ・スリーズ』は県内一の大手企業だ。業界でもトップクラスだ。福利厚生もしっかりしているし、給与もそれなりに保証する」

「福利厚生……」

非正規の肉体労働も視野に入れている由高にとって、今この世で一番魅力的な四文字だ。この半年間に舐《な》めた辛酸の数々が脳裏にまざまざと蘇り、心がぐらりと傾いだ。

「面接を……していただけるんですか」

「面接？　そんなまどろっこしいことはしない。俺が直接人事に話を通す」

「え、じゃあ、入社試験とかは」

「必要はない。お前には才能があると俺が知っていればいい」

由高は思わず眉根を寄せた。

「それってつまり、コネ入社っていうことでしょうか」

「コネ？　まあ、広義のコネになるのかもしれないな」

そんなことはさしたる問題ではないと言いたげな口調に、傾きかけていた心がすーっと元の位置に戻った。

「大変ありがたいお話なのですが、遠慮させてください」

篤正の眉がぴくりと動いた。

「なぜだ。うちのケーキがソウルフードなんだろ？」

「コネはダメです。嫌です」

サンドラは大らかな人柄で滅多なことで怒ったりしなかったが、ズルいことをしようとした時だけは厳しかった。お天道《てんと》さまの下を堂々と歩けなくなるような生き方だけはするなと、幼い由高はいつも言い含められていた。

「コネ入社なんて珍しいことじゃない」

「でもズルです」

篤正が「ズル」と乾いた声で失笑する。

「百万年ぶりに聞いたわ。小学生じゃあるまいし」

「小学生でも大人でも、ズルはダメだと思います」

「そんな融通の利かない考えだから、仕事が見つからないんじゃないのか？　失業中なんだろ？」

篤正はやはり気づいていた。よれよれのリクルートスーツに擦り切れた革靴。コートも羽織らず夜の公園で腹を鳴らしていたのだから、失業中ですと首から看板を下げているようなものだ。

「世の中はそんなに四角四面じゃない。時には頭を柔軟にしてだな」

「頭が固くてすみません。でもお断りさせていただきます」

どんなに苦しい状況に追い込まれても、ズルだけはしたくない。『ラ・スリーズ』のケーキは大好きだけれど、コネで就職なんかしたら死んだサンドラが化けて出る。

「昨夜は本当に楽しかったです。ケーキとお酒、ご馳走さまでした。それと、泊めていただいてありがとうございました」

由高は深々と頭を下げると、篤正は慌てたように立ち上がった。

「ちょっと待ちなさい。クリーニングに出したスーツがまだ――」

「このスエットをお借りしていいですか？」

由高のヨレヨレスーツより、このスエットの方が高いに違いないけれど、そこは目を瞑《つぶ》ってもらいたい。

「ダメだ。貸さない」

「え？」

「サイズが合っていないだろ。返しなさい」

駄々っ子のような拒絶に、思わず笑ってしまいそうになる。

「わかりました。裸で帰ります」

スエットを脱ごうとすると、「待て！　脱ぐな！」と篤正が止めた。

「貸す。というかお前にやるから落ち着け」

落ち着いた方がいいのは篤正の方だ。

「ありがとうございます。洗濯して後日お返しします」

玄関に向かおうとすると、「ちょっと待ってくれ」と行く手を塞《ふさ》いだ。

「どうしてもダメなのか」

「申し訳ありません」

弱り果てたように眉を下げる篤正も、やっぱり猛烈にかっこいい。由高は胸のときめきを押し隠して首を横に振った。

「いろいろとご迷惑をおかけいたしました。このご恩は一生忘れません」

もう一度深く一礼し、玄関に向かう。篤正はそれ以上引き留めなかった。


「お腹減った……」

ビルに囲まれた小さな公園のベンチに腰かけ、由高はぼそりと呟いた。篤正と出会ってから五日。また同じ公園に来てしまった。時間は早いが、あの夜と同じように寒空に星は見えない。頬を撫でる風の冷たさも同じだ。

違っているのは由高がスーツ姿ではないことと、ベンチの脇《わき》に大きめのスーツケースが置かれていることだ。詰め込まれているのは、あの日篤正に借りたスエットの上下、薄い毛布、数枚の着替えと下着、洗面用具、小さな鍋《なべ》と箸《はし》――今の由高の全財産だ。小銭の果てまで引き出された通帳の残高はゼロ。いっそすがすがしいほどきれいさっぱり一文無しだ。

数時間前、荷物をまとめてアパートを出た由高は、収入の途絶えた若者の多くがそうするように、繁華街にあるネットカフェへと向かった。ところが畳一枚ほどの狭い部屋に入った途端、気分が悪くなり動悸《どうき》がし始めた。二十二年間気づかなかったが、どうやら軽い閉所恐怖症だったらしい。

仕方なくホームレスが多く暮らしている河川敷へ向かった。狭さと寒さを天秤《てんびん》にかけ寒さを選んだわけだが、そのエリアに足を踏み入れた途端、足が止まった。刺さるような遠慮のない視線をあちこちから浴びせられ――すぐに回れ右をしてしまった。年季の入った先輩方と上手くやっていける自信はなかった。そうして夕暮れの街をふらふらと歩き、気づけば五日前篤正と出会った公園に来ていた。

「お腹空《す》いた……」

この五日間に水分以外で口にしたものといえば、最後まで大事に取っておいたカップラーメンふたつとパンの耳数本。腹が減っては戦はできぬと言うけれど、戦どころかもう立ち上がる気力もない。脳裏に浮かぶのは食べ物ばかりだ。

――『ラ・スリーズ』のケーキ、美味しかったな。

そっと目を閉じると、ハンバーグや唐揚げに混じって篤正の端整な顔が浮かんだ。

篤正とはあれから一度も会っていない。泊めてもらった翌日、洗濯をしたスエットを持ってマンションを訪れたのだが、厳重なオートロックに阻まれ棟内に入ることができなかった。すごすごと立ち去る途中あらためてマンションを見上げて、首がつりそうになった。いわゆるタワーマンションというやつで、篤正の部屋は最上階だった。

東京に行ったことのない由高は、東京タワーにもスカイツリーにも上ったことがない。だからあの夜は、人生で一番空に近づいた夜だった。

――夢、だったのかな……。

美味しいケーキも酒も、楽しい会話も、不思議な味のむらさき大根も、みんなみんな極度の空腹が生んだ幻だったのかもしれない。暢気《のんき》に夢なんて見ている場合じゃないのに。

寒くても喉は渇く。片隅の水飲み場にふらふらと向かい水を飲んでいると、歩道を歩く女性らしきふたり連れの会話が聞こえてきた。

「びっくりよね～」

「ね～。そんなふうには見えなかったから、まだ信じられない」

「夜逃げするほど追い詰められてるようには見えなかったわよね」

「昨日の朝もワンちゃん散歩させてたのよ？　『おはようございま～す』って。明るくて全然普通だった」

「ワンちゃん、連れていったのかしら」

「さあ……ほんと、気の毒ね」

会話が遠ざかっていく。由高は濡《ぬ》れた口元を拭《ぬぐ》い、きゅっと蛇口を捻《ひね》った。

――誰か夜逃げでもしたのかな。

気の毒だと思う。けれど同時に歪んだ安堵を覚えてしまう。明日をも知れぬ身なのは自分ひとりではないのだと。

「うわ、なんか、性格悪くなってきた」

こんな暮らしが長く続いたら、人として大切なものを失くしてしまいそうだ。せめて空腹だけでもなんとかならないものかと、由高はあたりを見回した。

「食べられる草とか、ないかな」

公園の隅には、枯れずに残った雑草がぽつぽつと生えている。

「こんな真冬に生き残ってるくらいだから、きっと栄養あるよな」

方向違いなポジティブ精神を武器に、雑草に手を伸ばそうとした時だ。近くのベンチの傍《そば》に缶詰が落ちているのが見えた。可愛い犬のイラストが描かれている。

「ドッグフード……」

缶は開けられていて半分ほど食べられた形跡がある。

「ニンジンと卵入り高級ビーフ………びぃふぅ～!?」

何気なく拾い上げた由高は、思わず声を裏返した。

最後に牛肉を食べたのはいつだったか。もう思い出すこともできない。犬だってビーフを食べさせてもらっているというのに、自分はなぜ食べられる雑草を探しているのだろう。

込み上げてくる情けなさに目頭を熱くしながら、由高はふと気づく。

――これ、人間も食べられるよね。

「いやいやダメでしょ。ドッグフードだし」

それこそ人としての尊厳にかかわる。

――でも尊厳失くしても死なないけど、食べなければ餓死するよね……。

ゴクリと喉が鳴った。

尊厳と高級ビーフ（犬用）。究極の選択に迫られ、心がぐらんぐらんと揺れた。

「うう……背に腹は代えられない。お祖母ちゃん、ごめんなさい」

おれは尊厳を捨てます。

天国のサンドラに手を合わせた時だ。ベンチの裏側に茶色い何かが置かれていることに気づいた。裏に回ってみると、それは三十センチ四方ほどの段ボール箱だった。

「わ、ラッキー」

薄い毛布一枚ではさすがに心もとないと思っていたところだった。段ボールを開いて被《かぶ》ればかなり寒さが凌《しの》げる。食料と防寒具を同時にゲット。まだ神さまに見放されたわけではなさそうだと、ちょっとだけテンションが上がったのだが。

「……ん？」

段ボールの中に何か入っている。半分開いた蓋の隙間《すきま》から、薄茶色をした丸く柔らかそうな塊が覗いている。

——巨大なセムラ？

一瞬浮かんだ願望に、フルフルと頭を振った。

——ダメだ。お腹空きすぎてなんでも食べ物に見える。

よく見ると中から水玉模様の紐《ひも》状の物が伸びていて、近くのベンチに結びつけられている。

「……なんだろ？」

首を傾げながら手を伸ばした瞬間、薄茶の塊がピクリと動いた。「うわっ」と一歩後ずさった後、手にしたドッグフードと箱と見比べた。

「まさか……」

恐る恐る蓋を開いた由高の目に飛び込んできたのは、薄茶色の犬。水玉模様はハーネスの紐だった。

全体的にむっちりと丸く筋肉質だ。頭部がアンバランスに大きく、尻尾《しっぽ》はくるんと巻かれている。ぺちゃっと潰《つぶ》れたような顔は黒くしわくちゃで、真ん中に押しつぶされたような形の鼻がある。眠っているのか、顔と同じ黒い耳はくったりと垂れている。

小型犬だとしても小さい。まだ仔犬《こいぬ》なのだろう。

「なんだっけ、この犬……」

そうっと抱き上げると、男の子だとわかった。仔犬がゆっくりと半目を開ける。玉羊羹《たまようかん》のようなつやつやと大きな黒い瞳を見た瞬間、思い出した。確かパグだ。

「おい、パグ。パグ」

犬種であって名前ではないのだが、便宜上そう呼びかけてみる。

「フン、ガ」

ファーストボイスは「ワン」でも「クゥン」でもなく、ほぼ鼻息だった。

「この缶詰、もしかしてお前のだった？」

「……ンゴ」

「おい、大丈夫か？」

動物を飼ったことのない由高にもわかるくらい、仔犬は元気がなかった。

『昨日の朝もワンちゃん散歩させてたのよ？「おはようございま～す」って。明るくて全然普通だった』

今さっき耳にした女性たちの会話が蘇る。段ボール箱の底には、誰でも知っている高級ブランドの紙袋が敷かれていた。

「お前、まさか置いていかれたのか？」

仔犬はうっすらと開けていた目を閉じてしまった。その力ない様子に胸の奥がぎゅうっと絞られるように痛んだ。真冬の寒空の下にペットを捨てるなんて、どんな理由があっても許されることじゃない。

「おい、パグ、大丈夫か？　おいっ」

柔らかい胸が呼吸に合わせて上下している。呼びかけに応じられないくらい具合が悪いのだろうか。急に不安に襲われる。

由高は上着を脱ぎ、仔犬の身体を包んだ。そしてスーツケースを開いて毛布を取り出すと、上着の上からぐるぐる巻きにする。

「食べられるか？」

ドッグフードの残りを指で掬《すく》って口元に持っていくが、食べようとしない。

「どうしよう……」

このままでは死んでしまうかもしれない。

「病院に連れていかないと」

反射的にスマホを取り出し、反応しない電源ボタンに舌打ちした。料金未払いで通話を止められていたのだ。

お金がないとご飯が食べられない。それは嫌というほどわかっていた。草を食べる覚悟もできていた。けれど目の前で危機に瀕《ひん》している小さな命を救えないなんて。

心なしか仔犬の呼吸が浅い気がする。合わせるように由高の鼓動も速まる。

「大丈夫。大丈夫だからな」

半分は自分に言い聞かせていた。

「大丈夫。おれが守ってやるから」

お金のことは後で考えるとして、まずは病院に連れていくしかない。迷っている場合ではない。由高は仔犬を抱いたまま公園を飛び出した。着替えと鍋くらいしか入っていないスーツケースは置いていくことにした。

「すみません！」

道行く会社員風の男性に声をかけた。

「このあたりに動物病院ありませんか？」

「動物病院？　ごめん、わかんない」

すみませんと頭を下げ、今度はジョギング中の女性に声をかける。

「すみません、この近くに動物病院ありませんか？」

女性は足を止めてくれた。

「この近くだと、市役所の西側の通りに一軒あった気がするけど」

「市役所……」

地下鉄かバスを利用しなくてはならない距離だ。女性が仔犬を覗き込む。

「元気ないわね。寒いし、タクシーで連れていってあげた方がいいかも」

「……ですね。ありがとうございます」

片手を上げて去っていく女性の後ろ姿に頭を下げる。「そうします」と答えられない自分が情けなく歯痒《はがゆ》かった。

「パグ、パグ、大丈夫か？」

「フ……ン」

微かな鼻息に安堵する。愛《いと》おしい温《ぬく》もりを胸に抱き、由高は思わず声にした。

「神さま……お願いです。この子を助けて」

次の仕事もいりません。一生公園の草を食べて生きます。

だからお願いします。この子の命を救ってください。

「由高！」

その声は、背後から唐突に飛んできた。由高は弾《はじ》かれたように振り返る。

「やっぱり由高だ」

瞠目《どうもく》する由高に、篤正が大股《おおまた》で近づいてくる。あからさまに嬉しそうだ。

「なんとなく予感がしたんだ。今夜こそ会えるんじゃないかとな」

「……神さま」

「何を言ってるんだ。まさか俺の顔を忘れたと――なんだそれはっ」

由高の胸に抱かれた丸い生き物に気づいた篤正が、ぎょっと目を剝《む》く。

「パ、パグ？　なんで犬なんか」

二歩、三歩と後ずさる篤正に、由高はたたっと近づいた。

「三戸部さん、お願いがあります」

「ど、どうした」

「一生のお願いです。どうかこの子を……この子を助けてください、お願いします！」

ガバッと頭を下げた。

「さっきからだんだん呼吸が浅くなってる気がして、このままだと、死んじゃうかもしれないんです。お金は必ず返します。なんなら銀行強盗でもします。だから……だから」

「わかった」

みなまで言い終わる前に、篤正が言った。由高はハッと顔を上げる。

「よくわからんが、そのパグを動物病院に連れていけばいいんだな？」

「は、はい！」

「事情は後で聞く。そこの路地に車を停《と》めてあるからついてこい」

言い終わる前に篤正が駆け出す。由高も急いでその背中を追った。三十メートルほど先の細い路地に、黒いセダンが停まっていた。篤正の車かと思いきや、運転席からすらりとしたスーツ姿の男が降りてきた。

「どうされました」

篤正と同じ年頃だろうか、黒縁眼鏡《めがね》の奥で理知的な瞳が眇められた。

「洲本《すもと》、動物病院を探してくれ」

洲本と呼ばれた男は、無言のまま素早く篤正と由高、そして腕の中のパグを確認した。一瞬で大体の状況を察したらしく、「かしこまりました。少々お待ちください」とスマホを取り出した。と思ったら、光の速さで検索を終えた。

「最寄りは市役所西側の『中央アニマルクリニック』です。あと二十分ほどで診療時間終了なので急ぎましょう」

どうぞ、と洲本が後部座席の扉を開けてくれた。

「由高、乗れ。俺は前に乗る」

洲本は一瞬「え？」と怪訝《けげん》な顔をしたが、すぐに助手席側に回りドアを開けた。

「大丈夫か？」

車体が滑り出すと、助手席の篤正が振り返った。由高はパグの鼻に頬を近づける。

「少し呼吸が落ち着いてきた気がします。きっと大丈夫です」

篤正は「そうか」と小さく頷き前に向き直った。

「お前は大丈夫か、と訊いたつもりだったんだけど」

微かな囁きは、仔犬を抱きしめる由高の耳には届かなかった。


仔犬は低体温症を起こしかけていた。幸い大事には至らなかったが、念のためひと晩入院させることになった。

「大事にならなくてよかったな」

「三戸部さんと洲本さんのおかげです。本当にありがとうございました」

「お前が必死に助けようとしたおかげだ」

数時間後、由高は五日ぶりに空に近づいた。タワーマンション最上階の窓には美しい夜景が広がっている。

動物病院の待合室で、おおよその事情を説明した。篤正は『事情はわかった。任せておけ』と力強く答えてくれた。そしてその言葉通り、小銭すら持ち合わせていなかった由高に代わり、診療代のすべてを支払ってくれた。おまけに帰り道、公園を経由して由高のスーツケースの回収までしてくれた。

「お借りしたお金は必ずお返しします。いつまでにと、お約束できないのが心苦しいのですが」

「その必要はない。今夜のことは俺が勝手にしたことだ。そうだろ？　洲本」

茶器を載せたトレーを手に、洲本がキッチンから出てくる。「はい」とも「いいえ」とも答えないが、その横顔には柔らかい笑みが浮かんでいた。

「お茶が入りましたよ」

差し出されたティーカップから、何やらスパイシーな香りが漂っている。

「チャイか。いい匂いだな」

篤正が表情を綻《ほころ》ばせる。

「チャイはお嫌いですか？」と洲本が尋ねる。

「いいえ、大好きです」

「ではどうぞ。身体の芯《しん》まで温まるようにブレンドしたハーブを、チャイ仕立てにしてみました。今夜は冷えますからね」

車内での篤正と由高の会話を黙って聞いていた洲本は、由高があの公園でただ遊んでいたわけではないことを察したのだろう。

——映画とかに出てくるキレッキレの秘書みたいだな。

「甘い方がよろしければ、どうぞ」

「ありがとうございます」

差し出されたシュガーポットに手を伸ばした時だ。洲本のポケットでスマホが鳴った。

「失礼します」

立ち上がって背を向けた洲本は、数秒の応対の後、篤正を振り返った。

「専務からです。どうしても今夜中にお話ししたいことがあるそうですが」

篤正はティーカップを手にしたまま眉根を寄せ、無言のまま首を振る。洲本は表情ひとつ変えず小さく頷き、ふたたびスマホを耳に当てた。

「お待たせいたしました。大変申し訳ございません。社長はすでにお休みになられました」

「えっ……」

シュガーポットの蓋を摘《つ》まんだまま、由高は洲本の背中を見上げた。

――今、なんて？

「冗談じゃない。こんな時間に古狸《ふるだぬき》の説教はごめんだ」

篤正は小声で呟きチャイを啜《すす》る。その横顔に、由高は恐る恐る視線を向けた。

「あの、三戸部さん」

「なんだ」

「今、洲本さん、三戸部さんのこと、社長って……」

声が震える。

「ああ、そういえばまだ言っていなかったか」

ティーカップを傾けながら、篤正が微笑《ほほえ》んだ。

『ラ・スリーズ』の初代は三戸部忠正《ただまさ》。俺の祖父だ。三年前に亡くなった二代目・英正《ひでまさ》が俺の父親だ」

「つ、つまり三戸部さんは、『ラ・スリーズ』の……」

「三代目社長だ」

ごろりと音を立て、由高の指からシュガーポットの蓋が落ちた。

「専務、少々ご立腹の様子でしたが」

通話を終えた洲本が振り返る。

「放っておけ。いつものことだ」

「明日朝一番で社長室にいらっしゃるそうです」

淡々と報告する洲本に、篤正は舌打ちでもしそうな表情でため息をついた。

由高は椅子から立ち上がり、深々と頭を下げた。

「す、すみませんでした！」

「ど、どうした、急に」

「おれ、『ラ・スリーズ』の社長さんに向かって、さんざん失礼なことを」

人事権は自分にあると言われた時点で察するべきだった。気づくべきタイミングはいくらでもあったのに、すべて華麗にスルーしてしまった自分の鈍感さに目眩がした。

「この間も言ったが、お前に失礼なことを言われた覚えはない。忌憚のない意見が聞きたくて社長だと名乗らなかったんだ。悪かったな」

由高はブルブルと頭を振る。全身がブルブルだ。

「お前が本当に失礼なことを言ったのなら、たとえ社長でなくても俺はあの場で反論したし、その後毎日あの公園に通ったりもしなかった」

驚いたことに篤正は、あれから毎夜あの公園に足を向けていたという。

「な、なんでそんなことを」

「もう一度お前に会いたかったからに決まっているだろ」

五日が経ちさすがに諦めかけていたところ、今夜ついに再会できたのだという。

「耳の痛い意見というのは、とても大切なものだ。自分に都合のいい、耳触りのいい意見にばかり耳を傾けていては人も会社も成長しない。間違っているか？」

由高はのろりと顔を上げた。

「……いいえ」

「だったら顔面蒼白《そうはく》になる必要などない。座れ」

篤正は優しく目元を緩め、「冷めるぞ」とチャイを指さした。

「いただきます……」

椅子に座り直してひと口啜ると、様々なハーブの香りが鼻腔を抜けていく。

「……美味しい」

「どんなハーブが入っているかわかるか？」

篤正が子供のようなキラキラした瞳で尋ねてきた。

「ジンジャーとシナモン、カルダモン、キャロブ、チコリ、フェンネル」

感じた香りをそのまま口にすると、篤正と洲本が顔を見合わせた。

「他にクローブとオレンジピールと……リコリスもほんのちょっと感じます」

どうでしょう？　と見上げると、洲本が頷いた。

「すべて正解です。ひとつの過不足もありません」

「よかったあ」

クイズに正解した気分でホッと胸を撫で下ろした。

「想像以上です。驚きました」

「由高、お前ハーブに詳しいのか」

「高校の時、文化祭でポプリを作ったんです。おれ、ハーブのブレンドを任されて」

クラスみんなで張り切ってありとあらゆるハーブを買い集めたのはいいけれど、結局余らせてしまい、ハーブティーにして飲んだ。楽しい思い出だ。

「その時の記憶、ということか」

ええ、と由高が頷くと、篤正は満足げに微笑み洲本を見やった。

「な？　すごいだろ？」

なぜか自分のことのように鼻高々の篤正に、洲本は「恐れ入りました」と苦笑する。

「なあ由高、その能力を生かさないのはもったいないと思わないか？」

篤正が身を乗り出す。

「もう一度考え直せ。『ラ・スリーズ』に入社しろ。寮も社宅もある。なんならここに住めばいい。諸々《もろもろ》含めて悪い条件じゃないと思うぞ？　どうだ？」

ぐいぐい詰め寄る篤正に、洲本がコホンと咳払《せきばら》いをする。

「社長。おっしゃり方がちょっと」

「あ……」

篤正がしまったというように頭を掻《か》いた。

「すまない。つい熱くなるのが俺の悪いクセだ。由高」

「……はい」

「俺の言い方を高圧的に感じたらすまない。お前が欲しいという気持ちが強すぎて、前のめりになってしまった」

お前が欲しい。熱の籠った言葉に心臓がドクンと跳ねる。

「実は『ラ・スリーズ』は今、大事な転換期を迎えている」

三年前、社長だった父親が急逝し、ひとり息子の篤正が跡を継いだ。ここ数年緩やかに下降気味だった業績を回復させるため、篤正は寝る間も惜しんで奮闘しているという。その甲斐《かい》あってレストランなど大方の部門は数字を取り戻したが、肝心要の洋菓子部門の回復が芳しくなく、頭を痛めているのだという。

「商品開発、マーケティング、プロモーション……すべての見直しは当然として、定期的に自分の舌で味や風味を確認しているんだが、今ひとつ成果が出ていない。実はお前と出会ったあの夜は、少々自棄《やけ》になっていた」

どうしていつまで経っても成果が出ないのだ。何がいけないのだ。頭の中がぐちゃぐちゃになり、自棄気味に自店のケーキを十個まとめて買い、真夜中の公園でひとりケーキバイキングを開催していたのだという。翌朝のテーブルに並べられたたくさんのフルーツも、試食のためのものだった。

「お前だけでなく、俺自身も初代の作る素朴なケーキが大好きだった。復刻させてみたいという気持ちはずっと持ち続けているんだが、何せ元になるレシピがない」

篤正は深いため息をついた。

「レシピ、失くしちゃったんですか？」

「失くしたというか……」

初代が亡くなった時、妻である祖母がすべてのレシピを棺《ひつぎ》に入れてしまったのだという。

町の小さなケーキ店だった『ラ・スリーズ』を会社化したのは篤正の父・英正だ。素朴な美味しさが癖になると口コミで評判が広がりかけていた『ラ・スリーズ』を、全国規模の有名店にしたいという息子の野望に、初代夫婦は揃《そろ》って反対したという。

「ケーキ屋を継ぐのが嫌で商社マンになったくせに、人気店になりそうだとみるや戻ってきて会社化を持ちかける親父《おやじ》も親父だが、『やるなら勝手にやれ！　その代わりレシピは渡さん！』と怒鳴りつけて、レシピをすべて銀行の貸金庫に預けちまった祖父《じい》さんも祖父さんだ。ついでにそれを夫と一緒に荼毘《だび》に付しちまう祖母さんも祖母さん。揃いも揃って頑固者だ」

　いつも優しい笑顔を浮かべていたあのお爺ちゃんがそんなに怒ったなんて。由高には想像ができなかった。

「今の『ラ・スリーズ』のケーキはすべて、親父が意地と執念と努力で研究に研究を重ねた『元祖の味に限りなく近づけた』ケーキなんだ」

　元祖の味を踏襲しつつ、よく言えば素朴、悪く言えば野暮ったかったデコレーションやラッピングを一新した結果、一年もしないうちに雑誌やネットの人気ケーキ店ランキングの常連になるまでに成長した。勢いに乗りカフェやレストランなどを次々に展開した。新『ラ・スリーズ』の滑り出しは上々だったという。

「ところが数年前から、徐々にケーキの売り上げが落ちてきた」

洗練された高級感を前面に出した新『ラ・スリーズ』のケーキに、元来の素朴な味がマッチしていないのではないか。そう分析した英正は、ケーキの味を変えるという大きな決断を下した。

「当然俺は大反対した。ケーキの味を変えたら『ラ・スリーズ』でなくなってしまう。本末転倒だとな」

しかし英正は、息子といえども一社員にすぎないと言って、篤正の意見に耳を貸さなかったという。

大がかりな方向転換はしかし、完全に裏目に出ることになる。味を変えてもケーキの売り上げは戻らず、カフェやレストランなどの売り上げまで傾き始めた。右往左往しているうちに英正が急逝してしまい、篤正が新社長に就任することになった。

「この三年で他の部門の収入はほぼ回復した。しかし本元のケーキだけが戻らない」

あの頃の味をもう一度。ネット上にはそんな訴えが上がっている。新『ラ・スリーズ』号の舵《かじ》を手にした篤正は、どうにか元祖の味を復活できないかとあれこれ奔走した。

「けど、あの世からレシピを取り寄せるわけにもいかない。八方塞がりで、半ば諦めかけていたところに、お前と出会った」

「……そうだったんですね」

「あの夜、お前に『昔の味が好きだった』と言われた時は、頭をガツンと殴られたような気がした。やっぱりと思うと同時に、ショックだった」

「す、すみません」

縮こまる由高に、篤正は静かに首を振った。

「違うんだ。親父が味を変えると言った時、殴り倒してでも止めればよかったと後悔している。だからお前との出会いは、運命だと思ったんだ」

「運命……？」

「死んだ初代が、お前と引き合わせてくれたんじゃないかと」

真摯《しんし》な瞳で見つめられ、頬が熱くなった。

「頼む、由高。力を貸してくれないか。コネ入社がズルだと言うのなら、アルバイトでも構わない。元祖『ラ・スリーズ』のケーキを復刻させるために、協力してほしいんだ」

この通り、と篤正が頭を下げた。

「み、三戸部さん、やめてください」

「嫌だ。いいと言ってくれるまでやめない」

慌てふためく由高の横で、洲本が小さく噴き出した。

「社長は時々、不意に少年に戻られますね」

元祖『ラ・スリーズ』の優しかったお爺ちゃんは亡くなってしまった。すべてのレシピを抱えて。当時の味を正確に再現できるのは、由高をおいて他にはいない。

――つまり三戸部さんを助けられるのは、おれだけってことか……。

由高は大きくひとつ深呼吸をし、頷いた。

「わかりました」

篤正がガバッと頭を上げた。

「本当か」

「はい。おれでよければ、微力ながらお手伝いさせていただきたいと思います」

『片瀬、すげーじゃん。お前の鼻、犬並みだな』

『それ、褒めてる？』

『バーカ、褒めてるに決まってんだろ』

クラスメイトの笑い声が鮮やかに蘇る。なんの意味もないと思っていた自分の能力がクラスの役に立ったことが、単純に、だけどものすごく嬉しかった。

篤正は必死なのだ。深夜の公園で自社のケーキを自棄食いするくらい追い込まれている。

サンドラはズルを嫌ったけれど、受けた恩を忘れることはそれ以上に嫌った。

「ありがとう。本当にありがとう」

篤正が破顔する。欲しかったものをようやく手に入れた男の子のような、喜び全開の表情で握手を求めてくる。

「こちらこそ、どうぞよろしくお願いします」

伸ばされた手におずおずと触れると、搦《から》め取るようにぎゅうっと握り返された。

——これが三戸部さんの手……。

手のひらから伝わった熱は一気に全身に回り、由高の体温を上げた。

翌日から由高はアルバイトとして、『ラ・スリーズ』の本社で働くことになった。寮の手配も間に合わないので、プロジェクト終了まで篤正の家に居候することになった。

数時間前までホームレスになるしかないと思っていた。それが今日からタワーマンションの最上階に住み、大好きな『ラ・スリーズ』で働けることになった。信じられない展開に半ば夢見心地の由高だが、ひとつだけ気がかりなことがあった。

——あの子、どうするんだろう。

動物病院に入院している仔犬の顔が、チラチラと脳裏に浮かぶ。

元気になっただろうか。ちゃんと餌を食べているだろうか。飼い主に捨てられたことに気づいて悲しんでいないだろうか。

由高は父親の顔を知らない。まだ赤ん坊の頃に亡くなったと聞かされた。教えてくれたのは母親ではなく祖母のサンドラだ。三歳の時、母が家を出ていった。新しい恋人ができたのよと教えてくれたのは、サンドラではなく近所のおしゃべりなおばさんだった。

昨日まで当たり前に傍にいた人が突然いなくなる。戸惑いは次第に悲しみに変わり、長い間心に巣食う。出ていく日の朝『すぐに帰ってくるからね』と優しく頭を撫でてもらったことは朧《おぼろ》に覚えているが、その顔はもう思い出せない。

あの仔犬は今どんな気持ちでいるのだろう。切ない鳴き声を上げていないだろうか。

「どうした。何か心配事でもあるのか」

「え、あ……いいえ」

篤正に顔を覗き込まれ頭を振った。住むところと仕事を与えてもらっただけでも、罰が当たるほどの幸せなのに、仔犬も一緒になんてとても言えない。

「着るものなら明日、洲本に用意させるから心配いらないぞ。スーツにワイシャツにネクタイに靴……あ、部屋着と下着も何着か用意してやってくれ」

「かしこまりました」

恭しく頷きながら、洲本がちらりと由高を見た。

「時に社長」

「なんだ」

「先刻のパグ。あの子もここに引き取るということでよろしいんですね？」

「なんだって？」

思いがけない質問だったのだろう、篤正の顔がピクリと引き攣《つ》った。

「洲本さん……」

驚く由高に、洲本は小さくウインクをしてみせた。

「い、犬も一緒になんて、俺は言っていない」

「そうだったのですか。どのような仕事にも最後まで責任を持って対応なさる社長のことなので、てっきりあの仔犬もお引き受けになるのだと思っておりました」

「あ、あれは仕事じゃないだろ」

「そうでしたね。失礼いたしました。それでは明日、私の方から動物病院に連絡を入れ、こちらで引き取ることができない旨、お伝え申し上げてよろしいですね？」

引き取り手のない保護犬は、一般的に保護センターに連れていかれ、場合によっては殺処分される。力ない仔犬の鳴き声が耳の奥に蘇り、胸がぎゅっと痛んだ。

「まあパグは高級犬で人気も高いので、引き取り手が見つかる確率も高いでしょうが」

「値段と人気で命の重さが変わるのか。勝手なもんだな」

ため息にのせて吐き出された篤正の思いは、そのまま由高の気持ちでもあった。

「洲本。俺が犬が苦手だってこと、知っているよな」

「え？　そうだったんですか」

頓狂《とんきょう》な声を上げたのは、洲本ではなく由高だった。

「ええ存じております。ご幼少の頃、隣のお宅で飼っていたスピッツに追い回されて、お尻《しり》をガブリと嚙まれた苦い経験がおありだと」

「その通りだ。あの時の歯形がまだ尻に……ってお前、なんで楽しそうなんだ」

洲本は背中を震わせ、笑いをこらえるように拳を唇に当てる。

「楽しいだなんて滅相もない」

「嘘《うそ》つけ。お前は時々信用ならないからな」

篤正は今ひとつ迫力に欠ける目で洲本を睨《にら》み、大きなため息をひとつついた。

「言っておくが、俺は一切世話はしないぞ」

「えっ」

由高は大きく目を見開いた。洲本が「してやったり」とばかりに目を細める。

「片瀬くんの犬ですから、世話はすべて彼に任せてよろしいかと。ね、片瀬くん」

「は、はい！」

由高はぴょんとその場に飛び上がった。込み上げてくる嬉しさを抑えきれない。

「おれが責任を持って世話します。トイレトレーニングも餌やりも散歩も、全部ちゃんとやります！」

「だそうです、社長」

顔を見合わせる洲本と由高に背を向け、篤正は「好きにしろ」と天井を仰いだ。洲本が篤正から見えないように小さく親指を立てるので、由高は声を立てて笑ってしまった。

ケータリングで軽い夕食をとり風呂《ふろ》に入ると、全身をどっと疲れが襲った。まるでジェットコースターのような一日だった。広すぎる部屋に戸惑いながら、五日ぶりのベッドに横たわる。

――優しい人だな。三戸部さんも、洲本さんも。

ふたりの厚意に応《こた》えるために、明日から精一杯働こうと心に誓った。

『ありがとう。本当にありがとう』

篤正の掛け値のない笑顔を思い出すと、我知らず頬が緩む。

――今日からしばらくこの家で、三戸部さんとふたりで暮らすのか。

「バカ、暮らすわけじゃない。居候。ただの居候」

勝手にきゅんきゅんする胸を宥《なだ》めているうちに、いつしか眠りに落ちていた。

夜半、人の気配で目が覚めた。ゆっくりと目を開くと、至近距離に篤正の顔があった。

「うわっ――痛てっ」

驚いて身体を起こした拍子に、篤正の顎《あご》に頭突きを喰《く》らわせてしまった。

「いっ……てて」

「す、すみません。大丈夫ですか」

「大丈夫だ。一応、ちゃんとノックはしたからな」

由高がちゃんと眠っているか気になったのだという。

「覗いてみたら腹を出して寝ていたから、布団をかけ直してやっただけだ。襲いに来たわけじゃないからな」

顎を撫でながら、篤正がにやりと笑う。

「そ、そんなことっ」

「心配なら、内側から鍵《かぎ》をかけておけ。じゃあな」

おやすみ、と片手を挙げて篤正は出ていってしまった。

「おやすみ……なさい」

閉じたドアに向かって呟く。あの日、酔ってうっかりゲイだとバラしてしまった。まったく気に留めていない様子の篤正にホッとするのと同時に、微かな胸の痛みを覚える。

その痛みの意味を考える前に、二度目の眠気の波に襲われた。


翌日、由高は洲本に連れられ『ラ・スリーズ』本社ビルにある商品開発部を訪ねた。向かう車内で洲本は言った。

『何分急なことなので、今日のところはひとまず今回のプロジェクトで片瀬くんと組んでもらうパティシエの桃川《ももかわ》くんだけ紹介しますね』

『わかりました。桃川さんですね』

『片瀬くんよりふたつ年上の二十四歳です。パリの一流店で腕を振るっていた彼を、半年前社長が直々に引き抜いてきたんです。まだ若いですがとても才能豊かな人物ですよ。天才肌というんでしょうか』

――天才……。

洲本からの前情報に緊張が高まる。

「か、片瀬由高ですっ、よろ、よろしくお願いいたしますっ」

ぎくしゃくと頭を下げると、桃川はにかっと白い歯を出して笑った。

「桃川和希《かずき》です。よろしく～」

伸ばされた手をおずおずと握ると、上下にブンブンと振られた。

身長は由高とほとんど変わらない。日に焼けた肌と短く刈られた髪は、天才パティシエというよりサッカー好きの高校生のようだ。天才と聞いて気難しい風貌《ふうぼう》を想像していた由高は、ちょっぴり拍子抜けする。

「片瀬くん、二十二なんだって？」

「はい」

「ほとんどタメじゃん。由高って呼んでいい？」

「え、あ、はい、いかようにも」

「あはは。そんな緊張しなくていいって。俺のことも和希って呼んで？」

パリの一流店で腕を振るっていた天才パティシエは、びっくりするほどフランクでフレンドリーだった。

「つまり俺は、由高の記憶を元に、今はなき元祖『ラ・スリーズ』のレシピをもう一回作ればいいんっすね？」

和希の問いかけに、洲本が頷く。

「そういうことです。名づけて【元祖『ラ・スリーズ』復刻プロジェクト】。メインの企画部員はあなた方ふたりだけですが、社長の肝入りですので心してお願いします」

「しっかし、絶対味覚って話には聞いたことがあるけど、ホントにいたんだね、持ってる人。なんでこっちの道に進まなかったの？」

「味覚には自信があるんですけど……肝心の料理の腕が壊滅的なんです」

調理実習の思い出を話すと、和希はその目を大きく見開き、腹を抱えて笑い出した。

「なにそれ、めっちゃ笑うんだけど。神さまが才能のバランスを取ったんだな」

「かもしれません」

「それで俺と組ませることにしたってわけね。社長、なかなかわかってるじゃん。なんだっけこういうの。割れ鍋に綴《と》じ蓋？」

笑い転げる和希に、洲本が冷静に突っ込む。

「鬼に金棒でないと困ります」

「あー、それそれ。ま、とにかくこれからしばらく俺たちバディってことでよろしく」

和希の底抜けな明るさに、由高の緊張はあっという間に解けていった。

「ふん、ふん、ふんがっ、ふごっ」

「こら、そんなに急いで食べたら喉に詰まらせるぞ」

由高の声など聞こえないように、仔犬は鼻息荒く餌を貪る。あっという間に空になった餌皿を名残惜しそうに舐めている。

「まだ足りないのか？」

「くぅ〜ん」

潤んだ大きな瞳が「もっとくれろ」と訴えている。

「そんな悲しそうな顔するなよぉ」

しわしわの顔を思わずくしゃくしゃと撫で回す。そうせずにはいられない顔なのだ。

「う〜ん。じゃあもうちょっとだけだぞ？」

「あんっ！　あんっ、あんっ！」

はよはよとせがまれ、由高は「しょうがないやつだなあ」と幸せの苦笑いを浮かべた。

夕方、すっかり元気になった仔犬が退院した。昨夜のことを覚えているだろうか。「誰だこいつ」と拒絶されたらどうしようと、不安を抱きながら迎えに行った由高を、仔犬は大喜びで迎えてくれた。獣医師や看護師からも『片瀬さんが命の恩人だって、ちゃんとわかってるんだね』と言われ、嬉しさでいっぱいになった。

帰宅した由高は、リビングの入り口で「うわあ」と驚きの声を上げた。部屋のおよそ四分の一がドッグスペースになっていたのだ。四分の一といっても、昨日まで由高が暮らしていたアパートの部屋がすっぽりと入ってしまう広さだ。爪《つめ》を傷めないようにという配慮からだろう、スペースの全面にカーペットが敷き詰められていた。

部屋は寒がりなパグにちょうどいい二十四度に設定され、床暖房まで入っている。スペースの真ん中には由高がふたり座れそうなベッドが鎮座していた。片隅にはトイレや餌皿、ドッグフードが。おそらくすべて昼間のうちに、篤正が洲本に用意させたのだろう。

至れり尽くせりとはまさにこのこと。

「お前、三戸部さん……じゃない、社長が帰ってきたらちゃんとお礼を言うんだぞ？」

「ふんがっ」

お腹がいっぱいになったのか、仔犬は「はい」なのか「いいえ」なのか今ひとつわからない返事をして、真新しいベッドに飛び乗り気持ちよさそうに目を閉じた。部屋の広さになかなか慣れない由高と違い、実に堂々とした態度だ。

「なあなあ、寝心地どうだ？」

ツンツンと頬を突くと、「ふごっ」と鼻息をかけられた。

「おれにもちょっと座らせてくれよ」

割り込もうとすると、「あんっ」と不機嫌そうに吠《ほ》えられた。嫌らしい。

「いいじゃないか、ちょっとだけ」

「んがっ」

「一瞬だけだってば」

嫌がる仔犬をずずいと端に押しやり、ベッドに尻を割り込ませた。

「お、いいね〜、ふっかふか。ちょうどいい感じ」

仔犬を抱き上げて横になってみると、丸めた身体がぴったりと収まった。広すぎるベッドは、慣れなくてちょっと落ち着かない。

「あんっ！」

仔犬が「おらのベッドだぞ」と主張する。ぺっちゃりと潰れた鼻を首筋に押しつけられ、由高はたまらず身を捩った。

「あはは、くすぐったいよ。やめろって」

「ふがっ」

「いいな〜。おれもここで寝よっかなあ。んふふ」

「そんなに気に入ったのなら、もうひとつ同じベッドを用意しようか」

突然の声に、由高はガバッと起き上がった。

「みっ、三戸部……社長、お帰りなさい」

いつからそこにいたのだろう、リビングの入り口にコート姿の篤正が立っていた。横には洲本の姿もあり、ふたりとも両手に大きな紙袋を携えていた。

「桃川くんとの顔合わせは無事済んだようだな。上手くやっていけそうか」

「はい。とても気さくな方で、明日から一緒に仕事をするのが楽しみです」

「それはよかった」

篤正がコートと上着を脱ぎ捨てる。「ああ、疲れた」と指でネクタイを緩める仕草がセクシーで、ドクンと心臓が鳴った。

「あの、社長、こんな立派なドッグスペースを作っていただいてありがとうございました」

「ああ。まさかお前が寝ているとは思わなかったがな」

「す、すみません。ほら、お前もちゃんとお礼を言え」

丸くて可愛い尻をツンと突くと、何かを察したのだろう、仔犬はのたのたと篤正に近づいていった。途端に篤正が表情を引き攣らせ、一歩二歩と後ずさる。

「く、来るなっ。礼はいらない。気持ちだけで結構だ」

「あんっ」

「今、多分『ありがとう』って言ったんだと思います」

「お、俺は犬語はわからない」

真顔で首を振る篤正の後ろで、洲本が背中を震わせていた。

「片瀬くん、これを運ぶのを手伝ってください」

洲本は笑いをこらえながら、篤正が運んできた紙袋を指した。

「はい……って、なんですかこれ」

首を傾げながら袋の中身を覗き込んだ由高は、ひゅっと息を呑んだ。四つの紙袋はどれも犬用のハーネス、洋服、おもちゃなどが、ぎっしりと詰められていた。

「とりあえずよさそうなものは全部買ってきた。これだけあればひとまずは足りるだろう」

足りるなどというレベルの量ではない。お金の使い方が〝THE・社長〟だ。

「後になって『やっぱりあっちがよかった』なんてことになったら面倒だからな。あんな犬臭い店には二度と行きたくない」

よく見ると紙袋にはペットショップの名前がプリントされていた。どうやら篤正が直々に買ってきてくれたらしい。世話は一切しないと言っていたのに。

「おもちゃも洋服もこんなにいっぱい……ん？　なんですかこれ」

可愛い男の子用の服の中に混じって、なぜか金太郎の腹掛けが入っている。

「それを着た写真があるんだ。赤ん坊の頃の俺の」

懐かしくてついかごに入れてしまったらしい。腹掛けをしたパグを想像したら、似合いすぎて笑ってしまった。

「あとでファッションショーをさせますね」

「ふたりでやってくれ」

「こんなにしていただいて、なんとお礼を言えばいいのか」

「何度も言うが、礼はいらない。そんなことより由高、こいつの名前は決めたのか」

篤正に問われ、由高は頷いた。

「ずっと考えていたんですけど、シフォンってどうでしょう」

おずおずと提案すると、篤正はなぜかプッと小さく噴き出した。

「ダメでしょうか」

「そんなシャレた顔じゃないが、まあお前の好きにすればいい」

思い切り失礼なことを言われた気がするが、めげずに第二候補を出す。

「じゃあクッキーはどうですか？」

「クッキーねえ。いいんじゃないのか」

どうでもいいとばかりに篤正は背を向けてしまった。クッキーもピンとこないらしい。

「なら、セムラはどうです？」

出会った夜、段ボール箱の中にいた仔犬の背中が巨大なセムラに見えた。すると篤正は勢いよく振り返り「ダメだ！」と言い放った。

「クッキーでも煎餅《せんべい》でも構わないが、セムラだけはダメだ」

セムラに親でも殺されたのだろうか。眦《まなじり》を吊り上げる篤正に呆然《ぼうぜん》としていると、洲本が小声で耳打ちしてくれた。

「日頃社長にいろいろと苦言を呈される専務が、瀬村《せむら》さんとおっしゃるんですよ」

顔もどことなくパグっぽいのだという。

「会社でも瀬村。家でもセムラじゃたまったもんじゃない」

篤正がガシガシと髪を掻き乱す。

「片瀬くんは社長の地雷を踏む天才ですね」

「洲本、なんで嬉しそうなんだ」

「いえ、滅相もない」

「とにかくこの壮絶に不細……個性的な顔は」

篤正は仔犬をじっと見下ろし、おもむろに呟いた。

「月餅《げっぺい》」

「月餅？」

「見てみろ。顔がぐちゃ〜っとしていて、月餅っぽいだろ」

「ぐちゃ〜って……」

「全中国人に喧嘩《けんか》を売っていますね」

洲本が肩を竦めてため息をついた。

「恐れながら、洋菓子メーカーの社長の飼い犬の名前が月餅でよろしいのですか？」

「別に。俺の飼い犬じゃない」

「でしたら片瀬くんが好きに名づけてよろしいのですね？」

「だからさっきから好きにしろと言っているだろ。ただし、セムラは却下する」

ふたりのやりとりに苦笑しながら、由高は仔犬の頭を撫でる。

「月餅。いいと思います」

え？　とふたりが振り向く。

「可愛い名前だと思います、月餅」

「いいのか」

「はい。そもそもパグの原産国って中国みたいだし」

由高はしゃがんだまま月餅を抱き上げる。

「今日からお前の名前は月餅だ。よろしくな、月餅」

「あんっ」

「気に入ったそうです」

「どうだかな」

「見てくださいｓ。嬉しそうな顔してるじゃないですか——あ、こら、月餅」

由高の腕から逃れた月餅が、何を思ったのか篤正の足元にじゃれつく。

「お、おいっ、来るなって」

両手を上げてその場に立ち尽くす篤正がちょっぴり可愛くて可笑《おか》しい。

「ありがとうって言ってるみたいですよ」

「頼む由高。犬語で『気持ちはわかった。礼はいらない』と伝えてくれ」

「あんっ！」

「うわ、こら放せ、スリッパを噛むな」

「ふんがっ」

新しいおもちゃだとでも思ったのか、月餅はしばらくの間篤正のスリッパを放そうとしなかった。

——困った顔も、やっぱりかっこいいんだよなあ……。

月餅に手こずる篤正の横顔に、由高はこっそり見惚《みと》れていた。

翌々日から早速【元祖『ラ・スリーズ』復刻プロジェクト】が始まった。

当初商品開発部内にあるキッチンで作業をする予定だったのだが、問題が生じた。篤正と由高が出かけてしまった後、月餅がひとり（一匹）になってしまうのだ。今のところ体調は良さそうだし食欲も問題ないが、長時間ひとりにするのはやはり可哀《かわい》そうだ。元気そうにしていても、ふと前の飼い主のことを思い出すこともあるだろう。急に具合が悪くなることもないとは限らない。

すると篤正が『桃川くんにここへ来てもらえばいい』と提案してくれた。

『そもそもふたりでの作業だ。オーブンは大き目のものが備え付けてあるしスペース的にも問題はないだろ。他にも必要なものがあったらなんでも言ってくれ。用意させる』

確かにキッチンは十人くらいの料理教室が楽々開けるくらい広い。由高（と月餅）にとってはこの上なくありがたい話だが、和希には衝撃だったらしい。

「社長の家で仕事とか聞いたことないんだけど。一体なんの罰ゲーム？」

突然社長の自宅で仕事をしろと命じられたら、由高だってビビる。マンションへ向かう道中、和希はずっと泣き言を言っていた。

「しかも本人は留守とか。まさか監視カメラとかつけられてんじゃないだろうな」

「ついていませんよ。さ、どうぞ」

玄関を開ける。中を覗いた和希は「うわ、広っ」と至極当然な反応をした。

「由高、お前本当にここで社長と一緒に暮らしてるわけ？　鍵とか渡されちゃって？」

「暮らしているというか、単なる居候です」

由高の特殊な能力を見込んだ篤正が「ぜひわが社に」とスカウトした。急な話だったので当面の間篤正の家で面倒を見ることになった。和希は洲本からそう聞かされていた。

「お前よく緊張しないな。朝晩社長と一緒なんて、俺なら飯が喉通らないよ。てか俺、タワマンの最上階とかお初なんだけど——……あっ？」

リビングに足を踏み入れた瞬間、和希が大きく目を見開いた。

「三戸部社長、犬なんか飼ってんだ！　しかもパグ！」

由高の姿を見た月餅が、嬉しそうにのたのたと駆けてくる。

「あの、桃川さんは」

「和希でいいって言ったろ。あと敬語禁止な」

「それではお言葉に甘えて、和希、犬は——」

苦手じゃないですかと尋ねる前に、和希は月餅を抱き上げていた。

「俺、子供の頃から大好きなんだよね、犬。今も実家で三匹飼ってる」

「よかった。月餅、和希に挨拶《あいさつ》は？」

月餅が「あんっ」とひと声吠え、短い尻尾を千切れんばかりに振る。

「あはは。こいつ、月餅っていうのか。由高センスあるな」

「ううん。名前つけてくれたのはおれじゃなく社長」

「社長が？」

和希は声を裏返す。

「へえ、なんかイメージが変わりそう」

「え？」

「ほら、うちの社長って怖いくらい顔整ってんじゃん？　しかもめっちゃ無愛想で気難しいし。あの氷点下の視線でチラッとか睨まれた社員は、みんなチビる」

「ああ……ちょっとわかる気が」

初めて会った夜、由高も同じような印象を抱いた。美形すぎて笑っているのか怒っているのかよくわからなかったし、鋭すぎる視線にいちいちビクビクしてしまった。自棄になって真夜中の公園でひとりケーキバイキングを開催したり、パグにじゃれつかれ「犬語はわからない」と困り顔で眉を下げる人だったなんて、あの時は想像すらしなかった。

「犬に月餅なんてへんてこ可愛い名前つける人だったんだな」

「へんてこって言わないで」

「なんかちょっと親近感」

そう言って和希は、月餅のしわくちゃの顔をムニムニと楽しそうに捏《こ》ね回した。

いよいよプロジェクトが滑り出した。まずは英正が執念で作り上げた現『ラ・スリーズ』創設時のレシピ通りに、和希がケーキを焼く。それを由高が試食し、幼い頃の記憶と照らし合わせ、材料の過不足や分量の違いなどを伝える。そして由高の意見を元に和希がふたたびケーキを焼く。その繰り返しが続いた。

由高の試食は一日目だけでガトーショコラを七つ、ミルクレープ四つにも上り和希を心配させたが、大好きな『ラ・スリーズ』のケーキを毎日お腹いっぱい食べられるなんて、幸福以外の何ものでもなかった。心身ともに追い詰められ激減していた体重も、みるみる戻っていった。

「うーん……きび糖だと思ったんだけど、最後に鼻に抜ける時の香りが違うんだよなあ」

三日目、ガトーショコラのレシピは完成に近づいていたが、砂糖の種類だけを特定できずにいた。砂糖とひと口にいっても世の中には数多《あまた》の種類が存在する。和希は何十種類もの砂糖を用意してくれたが、「これだ！」と自信を持って言えるものはなかった。

「あーあ。国内はほぼ全滅か。海外メーカーまで手を広げるとなると、途方もない数になるぞ。のっけからこの調子じゃ先が思いやられるよ。ホントに完成すんのかな」

和希がげんなりとため息をついた時だ。由高の頭にひとつの可能性が浮かんだ。

「自然食品……かも」

元祖『ラ・スリーズ』の二軒隣に、自然食品の店があった。二軒はとても仲が良く、店長同士がよく道端で話をしていたのを思い出したのだ。

「その店から砂糖を仕入れていたってことか？」

「わからない。でも可能性はあると思う」

「よっしゃ。とりあえず行ってみるべ」

和希とふたり、早速現地に向かった。元祖『ラ・スリーズ』のあった場所は更地になっていたが、自然食品の店はまだ同じ場所にあった。以前『ラ・スリーズ』に砂糖を卸していたかと尋ねると、老店主は「まだあるよ」と懐かしそうに眦を下げた。ビンゴだった。

元祖『ラ・スリーズ』でガトーショコラに使っていた砂糖は、奄美群島の小さな島で作られた粗糖だった。精製度が低くミネラル分が多く含まれているので、素朴で優しい香りと風味がある。

「これ！　このコク！」

由高は懐かしさに目を細めながら何度も頷いた。

「決まりか？」

「うん。この味で間違いない」

「オッシャア」

粗糖を使ったガトーショコラを試食しながら、思わずハイタッチを交わす。

「しっかしホント、お前マジでヤバイよ、由高」

由高はガトーショコラを頬張りながら「何が？」と首を傾げる。

「俺は今、生まれて初めて本物の天才というものを見た気がする」

「おれだって同じ気持ちだよ」

ノリこそ軽い和希だが、卓越した技術とセンスを持つパティシエであることは素人の由高にもわかった。三日目の午後に「ちょっと息抜き」と作ってくれた飴《あめ》細工はため息が出るほど繊細で、これが天才の技かとうっとり魅入ってしまった。

後にこの粗糖は、イチゴのショートケーキやシュークリームなどにも使われていることがわかった。由高の記憶力と直感が、プロジェクトの前進に早くも貢献した形となった。

働くことが楽しい。忙しい毎日が楽しいと心から思えた。毎日きちんと食事をとり、身体と頭を働かせ、疲れ果ててバタンと眠る。そんな当たり前の日常を取り戻せたことが嬉しくてたまらなかった。

働かざる者食うべからず。身を粉にして働くサンドラを見て育った由高は、ずっとそう考えてきたし、今もそう思っている。ただ自分を傷つけようと悪意の刃を向ける人間から逃げることは決して恥じることではない。篤正や洲本、和希と出会い、由高はようやく気づくことができた。

――それもこれも全部、社長のおかげなんだよね。

ただひとつだけ残念なのは、篤正と顔を合わせる機会が少ないことだ。同じ屋根の下で暮らしているのに、忙しすぎる篤正とはすれ違いが続いていた。出張に次ぐ出張でなかなか家に帰ってこない。ようやく帰宅したと思ったら、ワイシャツ姿のままソファーで寝入っていたりする。翌朝、脱ぎ捨てられたスーツをそっと片づけながら、由高はそのワーカホリックぶりを心配した。

「あれじゃいつか倒れちゃうよ。お前も心配だろ？　月餅」

その日の風呂上がり、由高はいつものようにソファーで月餅と戯れていた。居候を始めて一週間。この夜も篤正が帰ってくる気配はない。

「何時になるかわからないから、先に寝ていなさいってさ」

「あんっ」

「おれに料理ができたらなあ。『お帰りなさい。お風呂にしますか？　それとも晩ご飯先にしますか？　今日は社長の好きな肉じゃがです』とか言ってみたいよなあ……」

ボクサーショーツ一枚でソファーにドスンと腰を下ろす。月餅に合わせて室温が高めなので風邪《かぜ》をひく心配はない。半裸のまま月餅を腹に載せ、その愛らしい身体を思うさま撫で回すのがこのところの由高の日課だ。

「……って、社長の好物とか知らないんだけどさ。ねえ月餅、社長って和食派かな、それとも洋食派かな。お前どっちだと思う？」

月餅は「どうでもええわい」とでも言いたげに、腹にむにむにと頬を擦《す》り寄せてきた。

「あはは、こら月餅、くすぐったいって」

月餅はなぜか由高の腹が好きだ。風呂から上がってくるや、飛びついてきて額の皺《しわ》を押しつけ、しつこく匂いを嗅《か》ぎ、甘噛みまでしてくる。くすぐったくてたまらないし、なかなかパジャマを着られなくて困るのだけれど、月餅の世にも幸せそうな顔を見ていると「やめろ」と言えなくなってしまう。前の飼い主にされた仕打ちを思うと、少しくらいのいたずらは大目に見てやりたくなるのだ。

「ほら、そろそろパジャマ着るぞ」

月餅は聞こえないふりで、薄い腹の肉をはむはむ甘噛みする。

「あはは。マジでくすぐったいんだよ、それ」

身を捩ると、何を思ったのか月餅が左胸の小さな粒をぺろりと舐めた。

「お、おいっ」

慌てて引き離そうとするが、月餅は足を踏ん張って阻止する。カリッと甘噛みされ、たまらず「あっ」と声が漏れた。

「ちょっと月餅、ホントに無理っ、くすぐったいってば」

「ふんがっ」

「ふんがっ、じゃなくて、ダメだって――ああっ」

捩った上半身をソファーの背もたれに押しつけた時だ。リビングのドアがカチャリと開いた。

「ただい――」

篤正は大きく目を見開き、ドアノブに手をかけたまま固まった。

「しゃ、社長っ、おかえりなさ……ああっ、月餅、ちょっと、くすぐったいって」

篤正の手から、ドサリと床に鞄《かばん》が落ちる。

「何をしている」

胡乱《うろん》に眇められた瞳は、震え上がるほどひややかだ。

「ちっ、違うんです、月餅が勝手に――あはっ、ダメ、そこはダメだってばぁ」

逃げを打てば打つほど、月餅のいたずらは執拗《しつよう》になる。遊んでもらっていると勘違いしているのだ。

「おしまい。月餅、もう終わりだって」

終わりにするのが嫌なのか、月餅はちゅうっと音を立ててそこに吸いついた。

「ひゃあ」

たまらず高い声を上げた時、「月餅！」と呼ぶ声がした。

「餌をやるぞ。来い」

ドッグスペースで篤正が手招きをしている。足元の餌皿にはドッグフードがこんもりと盛られていた。

――ああ、こんな時間にあんな山盛り……。

そう思った時には、月餅はすでに顔を上げていた。そして「あんっ！」と嬉しそうにひと声吠え、猛ダッシュで篤正のもとに走り寄るとふがふが餌を貪り始めた。その隙に篤正はそろそろとドッグスペースを離れる。

「こんな時間に餌をやるのはよくないことくらい、俺だってわかっているぞ。だが犬に触れない以上これしか方法がないだろ」

恐ろしく不機嫌な声だった。

「助かりました。月餅のやつ、今日はなかなか離れてくれなくて」

「今日は？　お前は毎晩あいつとあんなことをしているのか」

あんなこととは言うまでもなく、月餅に乳首を吸われていたことだろう。由高はふるふると頭を振った。

「いつもは腹だけです。なんか今夜はここが気に入ったみたいで」

しつこく吸われて赤くなった左の乳首を指さし「へへっ」と笑うと、篤正は一層不機嫌な顔になる。

「さっさとパジャマを着ろ」

「ああ、すみません」

由高は慌てて床のパジャマを拾い上げる。

「今日は早かったですね」

「予定が一件キャンセルになったんだ」

「そうだったんですね。お疲れさまでし……あれ、あれれ」

　パジャマを被ってはみたものの、出口がどこだかわからない。もぞもぞと身を捩って戦っていると、篤正がぐいっと襟ぐりを引っ張ってくれた。ぱふっと顔を出した由高に、篤正は「まったく」とため息をついた。

「パジャマもひとりで着られないのか」

「……すみません」

　由高はしおしおと項垂れた。

「大体風呂上がりにそんな格好でうろうろしていたら風邪をひくだろ。体調管理は社会人の基本だぞ。大事なプロジェクトの一員だという自覚が足りないな」

「……すみません」

　――怒らせちゃった。

　珍しく日付を跨《また》ぐ前に帰ってこられたというのに、こんな同居人がいたのでは気が休まらないだろう。申し訳なさに縮こまっていると、「あんっ」と月餅の鳴き声が聞こえた。いつの間にか餌皿を離れ、ドアの近くに落ちている篤正の鞄の周りを「ふがふが」言いながら回っている。

「こら、月餅」

　慌てて駆け寄って月餅を抱き上げた由高は、鞄の横に落ちている白いビニール袋に気づいた。ふわりと香る匂い。

――この匂いって……。

「たこ焼き……？」

振り返ると篤正が「土産《みやげ》だ」と微笑んだ。帰宅した時とは別人のように柔らかい表情だ。

「ガトーショコラ、完成したそうだな」

プロジェクトの進行状況は、商品開発部長経由で篤正へ逐次報告されている。

「はい。なんとか」

「毎日二十個近くケーキを試食しているんだって？」

「はい。でもケーキは大大大好きなので、わりと本望です」

篤正は「よーく知っている」と笑った。由高も「ですよね」と照れ笑いをする。

「冷める前に食え。たこ焼き」

「はい」

「あんっ！」

由高より張り切って返事をする月餅に、ふたりで顔を見合わせて笑った。

――本当に優しい人だな。

いくら大好きだといっても、ケーキ三昧《ざんまい》の毎日はやっぱりちょっとキツイ。時々無性にしょっぱいものが食べたくなる。それがわかっているから、篤正はたこ焼きを買ってきてくれたのだろう。

「まだ熱いから気をつけろよ」

「はい。いただきまーす」

まだ湯気の立つたこ焼きに、ふーふーと息を吹きかける由高の顔を、篤正が正面からじっと見つめている。なんだかちょっと恥ずかしくなって、急いで口に放り込んだ。

「ん……あっふぃ！」

案の定口の中を軽く火傷してしまった。

「だから気をつけろと言ったのに」

篤正が水を用意してくれる。その表情はなにやら楽しげだ。

「すみません」

「思った通りだ」

ニヤニヤする篤正に、含んだ水で舌を冷やしながら由高は首を傾げる。何が思った通りなのだろう。

「気をつけろよと注意したにもかかわらず、お前はきっと『あっふぃ』とか言って火傷するんだろうなあと思いながら、そのたこ焼きを買ったんだ」

よほどそそっかしい人間だと思われているらしい。

「嫌な予言者ですね」

ぶーっと膨れると、篤正はますます楽しそうになる。

「想像力が豊かだと言え。『ふーふー』するお前の顔がありありと浮かんだ」

「どんな顔ですか」

「それはお前、めちゃくちゃくちゃかわ……」

言いかけて、篤正はなぜかハッとしたように口を噤《つぐ》んだ。

「めちゃくちゃ、なんですか？」

「めちゃくちゃ……間の抜けた顔だ」

「ひどいなあ」

由高はケラケラ笑いながら、もうひとつたこ焼きを頬張った。

「あっ、ふぃ！」

同じ過ちを繰り返す愚かな居候に、篤正は呆れ果てた顔で首を振った、
リビングボードのガラスに、涙目になった自分が映っている。頬にはほんのり赤みが差し、目には覇気が戻っている。目が落ちくぼみ、幽霊のようだったあの頃の自分はもういなかった。

夜半、トイレに起きた由高は、リビングの足元灯が点《つ》いていることに気づいた。ドッグスペースの方から、何やらぼそぼそと呟く声が聞こえる。

――社長……？

さっき床に就いたばかりなのに、起きて仕事でも始めたのだろうか。由高はドアの隙間からそっと顔を覗かせた。

「いいか月餅。由高はお前を目に入れても痛くないほど可愛がっている。ズルは嫌いだとかガキみたいなことを言いながら、お前のためなら銀行強盗を働くことも厭《いと》わないそうだ。でもな、愛されているからといって、何をしてもいいというわけじゃないぞ？」

薄暗がりの中、篤正は月餅に向かって話しかけていた。

「いくら愛犬と主人の仲でも、やっていいことといけないことがある。わかるか？」

「あぅ～ん」

ベッドに伏したまま。月餅が欠伸《あくび》をしている。

「由高が拒否しないからといって、乳首を噛んだり吸ったりするのはダメだろ。うん。ダメだ。あれは絶対にダメだ」

月餅がふあ～っとまた欠伸をする。

「親しき中にも礼儀ありと言ってだな」

「んがぁ」

「由高の乳首はお前の餌じゃないんだぞ？　わかったな？　いいな？」

ずごぉぉ、と豪快ないびきが響く。

「こら月餅、人の話を聞け。寝るな」

小声で懇願する篤正が可笑しくて、由高は腹筋を震わせた。社長の話の途中に大いびきで寝入るなんて、人間社会ではありえないことだ。必死に笑いをこらえながら、胸の奥がじんわり温かくなっていく。

――ありがとうございます、社長。

心の中で手を合わせた。

崖《がけ》から転げ落ちる寸前、腕を掴んで助けてくれた人。

――社長のためにもっともっと頑張らなくちゃ。

深夜の廊下で、由高は決意を新たにした。


「あんっ！　あん、あんっ！」

「ちょっと待って、月餅！」

月餅が興奮気味に駆け出す。リードを持っていかれそうになり、由高は走る速度を上げた。

「由高、そんなに急ぐと転ぶぞ」

「だって月餅が、あっ、待ってってってば、月餅、スト～ップ！」

転がるように引っ張られていく由高の背中を、篤正の明るい笑い声が追った。

その日、久しぶりに丸一日休みが取れた篤正と、郊外の大きな公園にやってきた。毎朝近所を散歩させているし、リビングのドッグスペースは贅沢《ぜいたく》なほど広いが、青い芝生の上を走るのはやはり格別なのだろう。楽しそうに走り回る月餅に、由高の心も弾んだ。

「やっぱりこの服にしてよかったですね、社長！」

「そうか？」

「だってほら、みんなこっちを振り返ってますよ」

気持ちはよくわかる。地球上に何億匹の犬がいるか知らないけれど、月餅の可愛《かわい》さは他の追随を許さない。

月餅に何を着せようか、由高は出がけまで決めかねていた。篤正が買ってくれた服は可愛い系からかっこいい系まで多様だったが、どれもこれも月餅の愛らしさをこれでもかと引き立ててしまう。

『う～ん。何を着ても似合うから困っちゃうな』

『完璧《かんぺき》な親バカだな。悩むなら自分の服で悩め』

篤正は苦笑したが、三人揃《そろ》っての散歩なんて最初で最後かもしれない。ギリギリまで悩んで由高が選んだのは、イチゴのショートケーキが散りばめられたキュートな一着だった。

「イチゴのピンクで春を先取りです」

「超不細工な顔に、超乙女チックなケーキ柄。劇薬×劇薬だな」

自分で買ってきた服を劇薬扱いする篤正に、由高は思わず噴き出した。

「失礼ですね。月餅は不細工なんかじゃないですよ。な、月餅？」

月餅は「どうでもいいっす。もっと走りたいっす」と鼻息荒くリードを引っ張る。

「きっと一撃で月餅の可愛さに悩殺されちゃうんですよ。社長もそう思いませんか？」

同意を求めて振り返ると、篤正が足を止めた。

「あのな、由高。前から言おうと思っていたんだが」

篤正は声を落とし、由高の耳元で囁《ささや》いた。

「社長と呼ぶのをやめろ」

由高は「え？」と首を傾《かし》げた。他にどう呼べばいいのだろう。

「さっきからみんながこっちを振り返っているのは、月餅が可愛いからじゃない。お前が大声で社長、社長と連呼するからだ」

「そうだったんですか？　すみません、もうちょっと小さい声で呼びますね」

照れて頭を掻《か》く由高に、篤正は「そうじゃない」と首を振った。

「家に帰ってまで役職で呼ばれたくない」

「でも和希は『社長』って」

「今、桃川くんはいないだろ。とにかく社長と呼ばれるたびに仕事のスイッチが入りそうになるんだ。少なくともふたりきりの時くらい社長はやめてくれ」

「じゃあ、なんて呼べば」

「名前でいいだろ。お前は由高。こいつは月餅。俺は篤正。シンプルな話だ」

シンプルだと感じるのは篤正側の感覚だ。アルバイトとはいえ勤め先の社長を名前で呼ぶのはかなりハードルが高い。

「何か問題でも？」

「……いえ」

「ならこの話は終わりだ。飲み物を買ってくる」

篤正は一方的に話を打ち切り、百メートルほど先にある自動販売機に向かって、ひとりで歩いて行ってしまった。

「そんな、急に言われても」

三戸部さんの方がまだハードルは低かったが、承諾してしまった以上これからは「篤正さん」と呼ぶしかない。

「篤正……さん？」

練習がてら声にしてみた。意図せず甘い声になってしまい、胸の奥がじんと熱を帯びる。

――なんか恋人同士みたい。

バカげた妄想が湧《わ》き上がってきて、由高は慌てて頭を振った。

この居候は期限付きだ。プロジェクトの終了と同時に、あのマンションを出ていかなくてはならない。そうしたら篤正と自分を繋《つな》ぐものは何もなくなるのだ。

――それに。

篤正が必要としているのは片瀬由高という人間丸ごとではない。由高の持っている絶対味覚という能力、それだけをピンポイントで求めているのだ。分不相応な暮らしをさせてもらっているのも、苦手な犬まで住まわせてくれているのも、すべては念願のプロジェクトを成功させるためなのだ。

だとしても、ありがたいことだと思う。篤正のために一日も早く元祖『ラ・スリーズ』のケーキを復刻させたい。けれどその反面、少しでも長く今の生活が続けばいいのにと願ってしまう自分もいて。

「矛盾してるよなぁ」

はあっとため息をついて空を見上げた時だ。

「片瀬？」

背後からの声に振り向いた由高は、そのまま息を呑《の》んで固まった。

「やっぱり片瀬だ」

面白いおもちゃを見つけたような目で近づいてくる男、伊能《いのう》。

去年の夏、火のないところに煙を立たせた元同僚だ。

「久しぶりだな。元気だったか？」

「…………」

すぐに背を向けたい衝動をどうにかこらえた。ここで逃げたりしたら、心の傷がまだ癒《い》えていないと認めるようなものだ。

「偶然だな。あれ、お前犬なんか飼ってたのか？」

月餅を見下ろし、伊能が目を見開いた。

「パグじゃん。これって結構高いんじゃないのか？　仕事見つかったのか？」

親しげに話しかけてくる伊能に、由高は言葉を失くした。

悪意に満ちた噂《うわさ》をまき散らして同僚を退職に追いやる、卑劣な行為自体許しがたいものなのに、自分が傷つけた相手に何事もなかったように話しかけるその神経を疑った。

すべて終わったことだと思っているのだろうか。由高が傷つかなかったとでも思っているのだろうか。水に流したとでも思っているのだろうか。それとも自分のしたことを、きれいさっぱり忘れてしまったのだろうか。まさか事故で記憶を失ったのだろうか。

「……何か用か」

声が震える。

「用がないなら――」

歩き出そうとした由高の前に、伊能が立ちはだかった。

「実はさ、俺もあの会社辞めることにしたんだ」

先ごろベンチャー企業を立ち上げた高校時代の先輩に「来ないか」と誘われたのだという。その先輩がいかに有能な人物で自分をどれほど買ってくれているか、伊能は得意げに語った。

「うちの会社にいたって将来知れてるからな。定年まで勤めるイメージが湧かないっていうか。まだ若いし自分の可能性を試したかったんだよな、俺。給料も今の五割増しだぜ？」

「…………」

どうでもいい。そのひと言が喉《のど》につかえて出てこない。だんだん冷たくなっていく指先に、傷はまだ癒えてなどいないと思い知らされた。

「俺はなんの未練もないけど、お前は未練だらけだろうな」

伊能がニヤリと唇の端を上げる。昔からこういう笑い方をする男だった。

こいつの傍《そば》から早く離れろと本能が告げる。一歩左に足を出すと、伊能もすかさず同じ方向に身体《からだ》をずらした。まだ由高を解放する気はないらしい。

「ちょっと小耳に挟んだんだけどさ」

伊能は急に声を落とし、囁くように言った。

「アパートの家賃払えなくなって、公園で野宿してるんだって？」

「っ……」

心臓が止まった気がした。

「先々週、経理の佐藤《さとう》さんが見たんだって。会社でちょっとした噂になってるぞ？」

「…………」

歯を食いしばる。リードを握りしめる手が震えた。不穏な空気を感じ取っているのか、月餅は伊能に向かって「うう」と低く唸《うな》り続けている。

「これでも心配してたんだぞ？　一応元同期だし。もしかしてホームレスにでもなってるんじゃないかと思ってたけど、犬の散歩とかできるくらいなら安心——うわっ！」

伊能が突然叫んだ。俯《うつむ》けていた顔をハッと上げると、伊能のジャンパーに黄色い染みができていた。

「なっ……」

呆然《ぼうぜん》とする伊能の視線の先に立っていたのは——。

「あー、すみません。大丈夫ですか？」

あまり感情の籠《こも》らない謝罪を口にしたのは篤正だった。いつの間にそこにいたのだろう、両手にペットボトルのお茶を持っている。右手に持った方のボトルは蓋《ふた》が開いていた。

「あんた、片瀬の連れなのか」

「ええ、そうです」

「っざけんなよ。どうしてくれんだよ！」

伊能が眦《まなじり》を吊《つ》り上げた。頭から湯気を出さんばかりの怒りを、篤正は淡々と受け止める。

「申し訳ありません。手が滑ってしまって」

「嘘《うそ》つけ！」

「嘘じゃありません。こんなふうにつるっと」

篤正がボトルを弄《もてあそ》ぶ。伊能のスニーカーに、一滴お茶が飛んだ。

「うわっ、やめろ。何がつるっとだ。ふざけてんのか！」

「とんでもない。これをどうぞ」

篤正が差し出した真っ白なハンカチには、皺《しわ》ひとつついていない。伊能はそれを睨《にら》みつける。

「おおお、お茶は染みになるんだぞ。弁償しろよ！」

いきり立つ伊能と、怖いくらい平静な篤正。ふたりのやりとりを、由高は間でおろおろと見守る。

「もちろん弁償させていただくつもりです」

篤正はスラックスの尻《しり》ポケットから札入れを取り出した。薄気味悪く黒光りするそれは、社長らしくワニ革製だ。値踏みするような下卑た目で、伊能が篤正の手元を見つめる。

「これで……足りるでしょうか」

篤正がすっと抜き出した札の厚さに、由高は息を呑んだ。一見しただけで十枚、いや十五枚近いだろうか。しかもすべて英世ではなく諭吉だ。どう考えてもクリーニング代に払う金額ではない。それとも篤正は一着のクリーニング代に十万以上かけているのだろうか。伊能もあんぐりと口を開けているから、由高の感覚がおかしいわけではなさそうだ。

「ちょ、ちょっと、社長」

「しゃ、社長？」

伊能が驚いた顔で由高と篤正を交互に見やる。

「由高。何度言ったらわかるんだ」

篤正が眉根《まゆね》を寄せた。

「え？　――ああ、すみません」

呼び名のことだと気づいたが、今はそれどころではない。

「今度社長と呼んだら返事をしないぞ？」

篤正は拗《す》ねるような甘い瞳《ひとみ》で由高を一瞥《いちべつ》した後、唖然《あぜん》と立ち尽くす伊能に微笑《ほほえ》みかけた。

「昨今のキャッシュレス化で、今日はこれしか持ち合わせがなくてすみませんね」

「これしかって……」

「足りないようでしたら小切手を切りますが」

「けけけ、結構、です」

伊能の声には、ありありと恐怖の色が浮かんでいた。クリーニング代だと諭吉を十枚以上差し出す人間は、大抵堅気の人間ではない。近年、組関係の人々は親分を「社長」と呼ぶらしいと、誰《だれ》かが言っていたのを思い出した。

「後々面倒が起きるといけません。ぜひ受け取ってください」

「い、いりません」

その声は震え、顔は青ざめている。

「そうおっしゃらずに」

「結構です。め、面倒を起こす気はないですから」

じりじりと後ずさる伊能に、篤正が「本当だな？」とその目を眇《すが》めた。

「だったら約束しろ」

寸前までの軽い口調はどこへやら、篤正は低く唸るような声で告げた。

「お前が由高にしてきたこと、こちらはすべて承知している。風説の流布は犯罪だ。由高にその気があればお前を訴えることもできるのだが」

射殺さんばかりの鋭い視線に、伊能がその身体を竦《すく》ませた。

「残念ながら現在、由高は私の右腕として多忙な日々を過ごしている。裁判に割ける時間はない」

　ホッとしたように表情を緩ませた伊能に、篤正は「ただし」と付け加えた。

「ゆめゆめ赦《ゆる》されたと思うなよ。お前がまた妙な考えを起こすようなら、こちらとしても黙っているわけにはいかない。それを肝に銘じておくんだな」

　篤正は背筋がぞくりとするほど冷たい声で告げた。

「いいか。金輪際由高の前に姿を現すな。わかったな」

「わっ、わかっ」

「わかったらとっとと消えろ」

　伊能は「ヒッ」と悲鳴のような声を上げて踵《きびす》を返す。転がるように走り出したその背中を、篤正が「おい待て」と呼び止めた。

「な、なんでしょうか」

　篤正は振り返った伊能に近づくと、諭吉を一枚、彼の胸ポケットに押し込んだ。

「忘れ物だ。染み抜き撥水《はっすい》デラックス仕上げにしてもらえ」

　篤正がニヤリと笑う。伊能は恐怖に顔を歪《ゆが》め、脱兎《だっと》のごとく逃げ去っていった。その背中が見えなくなると、篤正は「ふん」と肩を竦めた。

「もらい物だから仕方なく使っているが、こうしてあらためて見ると、本当に趣味の悪い財布だな」

篤正はワニ革の財布を懐にしまう。

「こんな形で役に立つとは思わなかった」

「あの、社……篤正さん」

「いい加減、そろそろ慣れてくれ」

「気をつけます。あの……ありがとうございました」

由高はぺこりと頭を下げた。

「さっきの、わざとですよね」

おそらく篤正は、由高の視界に入らないところで伊能との会話を聞いていたのだ。由高が何も言い返せずにいるのを見て、助けに入ってくれたのだろう。

篤正は答えず、伊能にぶちまけたお茶のボトルを、傍らのベンチに置いた。そしてポケットから未開封のお茶を取り出すと、由高の前に差し出した。

「おれ、そっちの開けた方で――」

言い終わる前に、篤正は由高の手を取り、包み込むようにペットボトルを握らせた。

「あ……」

突然の行為にビクリと手を引こうとすると、篤正の手にぎゅっと力が込められた。

「もっと暖かくなるかと思ったのに、案外冷えるな。指先がこんなに冷たい」

そう言われて、由高は初めて自分が強い怯《おび》えと緊張に曝《さら》されていたことに気づいた。

──もしかして温めてくれてる……？

伝わる温度は手のひらに当たるボトルの方が高いのに、意識のすべてが手の甲に向かう。大きな手のひらから伝わる優しい温《ぬく》もりが、手のひらから腕へ、そして全身へとじわじわ広がっていく。

「大丈夫か」

こくんと頷《うなず》くと篤正は小さく微笑んだ。

「ありがとうございます。助けてくださって」

「なんの話だ」

「お茶です。わざとですよね？」

「だから手が滑ったんだ」

涼しい顔で答えると、篤正は「座ろう」とベンチを指した。

ふたりでベンチに腰を下ろすと、あの夜の光景が蘇《よみがえ》る。あれから二週間しか経っていないのに、ずいぶん昔のことに思える。

「お前を雇うに際して、形として履歴書は出してもらったが」

手の中のペットボトルを弄びながら、篤正が切り出した。

「それとは別に身辺調査をさせてもらった。気を悪くしないでくれるか」

居候させると決めてすぐ、洲本に由高の身辺を調べさせたのだと篤正は告白した。

「当然のことだと思います」

プロジェクト成功に欠かせない能力を持っているとはいえ、出会ったばかりの素性のわからない人間だ。履歴書一枚で居候を許すようでは、経営者としての危機管理能力を問われる。

「おれが前の会社を辞めた理由、お聞きになりましたか？」

篤正が前を向いたまま小さく頷く。

「ホント、ひどい話ですよねえ。根も葉もない噂話をみんなころっと信じちゃうんだから。びっくりですよもう」

もう終わったことなのだからと明るく話そうとしても、唇が引き攣《つ》って上手くいかない。

「噂というのは往々にしてそういうものだからな。根も葉もない噂で世界経済がひっくり返ることもあるくらいだ」

「……ですよね」

空を見上げてふうっとひとつため息をついたら、緊張に硬くなっていた身体が少しだけ和らいだ。

洲本からの報告で、篤正は由高が退職に至った大まかな流れを知った。けれどひとつだけ、どんなに調べても知りえないことがある。当事者のふたり以外には誰も知らないこと
——伊能が由高を陥れたかった理由だ。

「伊能には、好きな人がいたんです」

ぽつりと呟《つぶや》くと、篤正がゆっくりとこちらを振り返った。

ゴールデンウィーク明け、社内で急な異動の内示があった。由高の課の多賀《たが》という三十代の係長が東京本社に転勤になり送別会が開かれた。裏表のない爽《さわ》やかな性格でなかなかの美男子だった多賀に憧《あこが》れる女子社員は多く、みな彼の転勤を寂しがっていた。

会も終盤に近づきトイレに立った由高は、廊下で偶然多賀と一緒になった。ツレションなんて中学以来ですよ、などと互いに冗談を言いながら用を足し、会場に戻ろうとした時だ。廊下でいきなり多賀に抱きしめられた。

『ちょ、ちょっと係長っ』

『片瀬、俺のこと忘れるなよ』

『わ、忘れるわけないじゃないですか』

『片瀬は可愛いなあ。できるなら東京に連れていきたいくらいだ』

目がとろりとしている。そういえばハイピッチで日本酒を空けていたなと思い出す。

『なあ片瀬、俺と付き合わないか？』

『何言ってるんですか、係長。飲みすぎです』

振り解《ほど》こうとする腕を搦《から》め取られ、キスをされそうになった。

『そういう初心《うぶ》な反応すると、逆効果だよ』

『ちょ、ちょっと待ってください』

多賀のことは嫌いではないが、恋愛の対象として見たことは一度もなかった。近づいてくる唇から逃れようと必死に顔を背けた時、誰かの足音が聞こえてきた。

『係長、人が来ますよ』

由高の囁きに、一瞬腕が緩んだ。辛うじて社内行事の席だという意識が残っていたのだろう、その隙《すき》に由高は多賀から逃れ、自分の席へと駆け戻ったのだった。

週明けの朝、ぎこちない挨拶《あいさつ》をする由高に多賀が頭を掻きながら近づいてきた。

『俺、片瀬になんか変なこと言ったりしなかったか？　久々に泥酔しちまって、後半記憶が飛んじゃってるんだよね』

由高は内心胸を撫《な》で下ろし、『何も言っていませんよ』と笑って答えた。

伊能が多賀を好きだったと知ったのは、退職する日のことだった。各課へ挨拶をするため、郊外の倉庫から久しぶりに社屋へ戻った由高は、女子社員たちが給湯室で話しているのを耳にした。

『それでとうとう先週、多賀係長が「いい加減にしてくれ」って怒鳴ったんだって』

『マジで？』

『寮の廊下でもめてるのが、周りの部屋にも聞こえたみたい。まあでも係長の気持ちはわかるよね。だって毎週寮を訪ねてこられたら、さすがにねえ』

驚いたことに伊能は毎週末新幹線で上京し、多賀のいる寮を訪ねていたという。

『ちょっと間違えたらストーカーだもんね。でも一番のびっくりは、伊能さんがそっちの人だったってことだわ』

『……だね』

由高は息を殺してその場を立ち去った。

「伊能が多賀係長のことを好きだったこと、おれ、その時初めて知ったんです。伊能はあの時、多分どこかで見ていたんでしょうね」

「キス、されたのか、その係長に」

由高は「いいえ」と首を振る。唇を押し当てられそうになり顔を背けた。ただ未遂ではあったが、あの瞬間由高の身体は多賀の腕の中にあった。角度によっては「していた」ように見えたかもしれない。篤正は「そうか」と小さなため息をついた。

「どれほど嫉妬《しっと》に狂ったとしても、してはいけないことがある。彼は一線を越えた。許されることじゃない」

由高は小さく頷いた。篤正の言う通りだと思う。けれど由高が一番傷ついたのは、伊能にひどい噂を流されたことではなく、みんながその噂を信じてしまったことだ。真面目《まじめ》だけが取り柄の由高だったが、頼りにしてくれる上司もいた。気の合う仲間もいた。それなのにひとり、またひとりと由高から距離を取り始めた。

「これは俺の推測だが、彼が転職を決めたのは、係長に振られたことで会社に居づらくなったからじゃないのかな」

「だとしても――」

「もう自分には関係ない？」

台詞《せりふ》を先回りされ、由高は俯けていた顔を上げた。篤正の瞳が「本音を言っちゃえよ」と訴えかけている。身勝手な嫉妬の犠牲になり、人生をへし曲げられたのだ。腹が立たないなんて嘘だろ？　と。

「そこまで大人にはなれません。正直言うと、ざまあみろって思っちゃいました」

吐き出すように告げると、篤正が「それでいい」と言いたげに頷いた。

「噂を耳にした時、すぐに伊能を問い詰めればよかったって、今でも後悔しています」

「……うん」

「でも時間は巻き戻せなくて、悔しくて何度も泣きました。だからさっき篤正さんがあいつにお茶をぶっかけてくれた時、胸がすーっとしました。ありがとうございました」

頭を下げると、篤正は一瞬瞳を揺らし、そのまますっと視線を逸《そ》らした。

「だからあれは手が滑ったんだ。不幸な事故だ」

飄々《ひょうひょう》とした口調とは裏腹に、その横顔は温かく穏やかだった。まだ風は冷たいのに、隣に座っているだけで春の陽だまりに包まれているような心地よさを覚えてしまう。心の片隅にへばりついていた氷の塊がようやく溶け出したような気がした。

「お前に戻ってきてほしいと思っている人間もいるんじゃないかな」

「いません」

由高は静かに首を振った。

「もしも誰かに『頼むから戻ってきてくれ』と頭を下げられたら、お前はどうする」

「ですから」

「もしもの話だ」

「社長……」

なぜそんなことを言うのだろう。もし由高が「戻りたい」と言ったら、あっさり納得するのだろうか。心の片隅に小さな痛みを覚えながら、由高は静かに首を振った。

「何があっても、あの会社に戻るつもりはありません」

きっぱりと答えた瞬間、篤正の表情が微《かす》かに綻《ほころ》んだように見えたのは気のせいだろうか。

「おれ、今まで人に誇れるものなんて何もなくて、大きな夢もなくて、ただただ真面目に生きてきました。でも、だからかな、このプロジェクトに参加させてもらっている今が、すごくかけがえのない時間に思えるんです」

初めて誰かに必要としてもらえた。

『頼む、由高。力を貸してくれないか』

あの日の篤正の瞳を思い出すと、今でも胸の奥が熱くなる。

「今、おれの居場所は『ラ・スリーズ』だけです。おれの仕事は元祖『ラ・スリーズ』の味を復刻させることです。微力ですけど、力になりたいんです。社長の」

「由高……」

何か言いかけて、篤正は口を噤《つぐ》んだ。そしてふうっとひとつため息をつくと、口元に笑みを浮かべた。

「何度言ったらわかるんだ、お前は」

「え？　――あ」

またうっかり「社長」と呼んでしまった。

「そんなだから、いつまで経っても月餅がお手を覚えないんじゃないのか？」

痛いところを突かれ、由高は「うっ」と胸を押さえた。

前の飼い主が躾《しつけ》を済ませていたのだろう、月餅のトイレトレーニングはとてもスムーズだった。ところが「お手」と「待て」は何度教えても覚えてくれない。

「それなんですよね。ほんと、どうしてなんだろう」

見下ろした途端月餅が「ふごっ」と鼻を鳴らした。餌《えさ》をもらえると思ったらしい。

「月餅、お手」

「あんっ！」

「あん、じゃなくて、お手」

「……あん？」

なあんだ餌をくれるんじゃないんかい？　お腹空《す》いたのに……。

じーっと見つめてくる濡《ぬ》れた瞳に、由高は弱い。

「仕方ないなあ、もう。ほら」

眦を下げて携帯用のドッグフードを与える由高に、篤正は呆《あき》れた様子で肩を竦めた。

「こいつがお手を覚える日は、永遠に来ないかもな」

ふがふがとドッグフードに夢中の月餅に、篤正は苦笑する。

「こら月餅、もっとゆっくり食べなさい……痛てて、おれの手まで食べるなってば」

月餅の食欲に圧倒される由高に、篤正は「飼い主の威厳ゼロだな」と笑った。


散歩の帰り、ペットショップに寄った。何か足りないものがあっただろうかと首を傾げる由高をよそに、篤正は店に入るなり張り切って大きなカートを押し始めた。

「俺は知っている。あいつのお気に入りはこの缶だ」

そう言って篤正は、ささみ味のドッグフードを箱ごとカートに放り込んだ。驚いているうちに、篤正はどんどん奥へ進んでいく。後ろ姿がなぜか妙に楽しそうだ。

「由高、これなんかどうだ？」

篤正が手にしたのは、店員曰《いわ》く「さっき入荷したばかり」の春用の犬服だった。水玉模様の薄地のそれは、確かに月餅にとても似合いそうだった。

「はい、可愛いと思います」

「水色、黄色、ピンク、グリーン——月餅はどの色が好きそうだ？」

毎日一緒にいるとはいえ、さすがに月餅の好きな色まではわからない。当の月餅は公園ではしゃぎすぎて疲れてしまったらしく、車の中で熟睡中だ。由高は「さあ」と半笑いを浮かべるしかなかった。

「せっかく入荷日に来たんだ。いいと思ったものは遠慮なく買ってやれ」

驚いたことに篤正は、新作が入荷される日をあらかじめ店員に尋ねていたのだという。

——犬臭いなんて文句を言っていたくせに。

自分が何かを買ってもらうみたいに、目を輝かせている。

「面倒だ。全部買おう」

平然と全色カートに入れようとする篤正を、由高は慌てて止めた。

「み、水色が一番似合うと思います。水色だけで大丈夫です」

「そうか？」

篤正は少し残念そうに他の三色を棚に戻した。

「次に来た時はもうないかもしれないのに——おっ、いいものを見つけた。見てみろ由高」

篤正がいそいそと手に取ったのは手のひら大のミニクッションだった。模様や形が月餅そのものだ。

「わあ、可愛いですね。床に落ちていたら本物と間違いそうです」

「月餅のためにあるようなおもちゃだな。しかもあいつはこういうもちもちした丸っこい形のクッションが好きだ」

「……ですね」

由高は気取られぬようにクスッと笑った。なんやかんや言いながら、篤正は月餅をよく観察している。

「よし。買おう」

篤正はそう言ってなぜか同じ物を四つ、五つとカートにポイポイ放り込んだ。

「ちょ、ちょっと待ってください。ひとつあれば十分です」

――大人買いというか、社長買い？

篤正は不満そうだ。

「月餅は気に入るとそればかり嚙《か》むだろ？　どうせすぐにボロボロになる」

「ボロボロになったら、その時また買いに来ましょう」

「売り切れていたらどうするんだ。買い時というのは、逃すと二度と巡ってこないものだ」

ここでビジネスの理屈を持ち出されても。篤正の中には無邪気な少年と怜悧《れいり》な経営者が同居している。

「その時は縁がなかったと思って諦《あきら》めます」

由高は苦笑する。

「ボロボロになったらおれが縫います。それにおれたちがいくつも買ったら、これを欲しいと思っていた他の人が買えなくなっちゃいます」

由高が月餅を愛しているように、みんな自分のペットを愛している。そのことに気づいたのだろう、篤正は一瞬ハッとしたように視線を泳がせた。

「別に……買い占めようとしたわけじゃないんだ」

「はい」

篤正に悪気がないことはわかっている。

「金で子守をされた後遺症だ」

篤正はなんともいえない顔でミニクッションを棚に戻し始めた。

「物心つき始めた頃、親父《おやじ》が『ラ・スリーズ』を会社化した。家の中はいつもバタバタしていて、両親がどれほど忙しいのか、大変なのか、子供心にもよくわかった。先代との関係が目に見えて悪くなっていることもな」

大好きだった祖父母と気軽に会うこともできなくなり、『ラ・スリーズ』のケーキを口にする機会も減った。

「幸か不幸か経営は順調で、新しい『ラ・スリーズ』はみるみるうちに業界大手へと成長した。父も母もますます忙しくなって、家を空けることが多くなった。俺は家政婦と家庭教師に育てられたようなものだ」

篤正はそう言って唇の端を歪めた。

「その代わり小遣いだけは潤沢だった。なんでも買ってもらえたし、欲しいものが手に入った瞬間だけは、自分は愛されているんだと感じることができた。金で寂しさを埋めていたんだと気づいたのは、最近のことだ」

自嘲《じちょう》の笑みを浮かべる篤正に、由高の胸は絞られるように痛んだ。背中からそっと抱きしめてやりたい衝動に襲われた。篤正が年上でなかったら、社長でなかったら、あるいはそうしていたかもしれない。

「金が絶対だとは思っていない。ただ……時々悪い癖が出る。悪かった」

「そんな……」

由高はふるふると首を振った。

「篤正さんの気持ち、ちょっとだけわかります。お金はなかったし家政婦さんはいなかったけど、おれも、いつもひとりぼっちだったから」

由高を育て上げるため、祖母は身を粉にして働いてくれた。アパートの窓から茜雲《あかねぐも》を見上げ、祖母の帰りを待っている時の寂しさは、今も心に沁《し》みついて取れない。

「おれなんかが言うことじゃないですけど、形はどうあれご両親は篤正さんのこと、大切にされていたと思います」

見上げた篤正の瞳が揺れている。孤独な少年のように純粋に、頼りなく。

「だって篤正さん、こんな優しいじゃないですか。人から愛情を受けた経験のない人間は、こんなふうに他人に優しくできないと思います」

「優しい？　俺が？」

まさかとばかりに目を見開く様子が切なかった。

「赤の他人のおれに、こんなに親切にしてくださって。お礼の言葉も見つからないくらい感謝しています。こんなによくしていただいて、月餅もきっと感謝していると思います」

「俺は……」

篤正はますます瞳を揺らし、込み上げるものを呑み込むように唇を噛むと、ふうっとひとつため息をつき振り向いた。

「さて。月餅のものはこのくらいでいいだろう。次はお前の服だ」

「へ？」

「月餅にばかり買ってやって、お前に買わないのは不公平だろ」

「お、おれは、この間買ってもらったばかりなので」

「それはそれ、これはこれだ」

「わ、悪い癖だって、たった今言いませんでしたか？」

舌の根も乾かぬうちに、また散財するつもりらしい。

「言った。が、反省はしていない。俺は俺の生き方を貫く。ＮＯは受けつけないぞ。次はいつデートできるかわからないんだ」

「デ……」

トクン、と心臓が鳴る。

「数少ない俺の楽しみを奪うな」

ガラガラとカートを押し、篤正はレジに向かってしまった。

――デートって……言ったよね？

きっと言葉の綾《あや》だ。わかっていてもドキドキが止まらない。せっかくの休みを丸一日自分たちのために費やしてくれた上に、それを楽しみだと言ってくれるなんて。

――どうしよう。

こんなふうに甘やかされたことは生まれて初めてで、どうしていいのかわからなくなる。

胸の奥がきゅんきゅんと痛んで、息が苦しくなる。

「どうした、由高、行くぞ」

会計を終えた篤正が手招きしている。

勘違いしてはいけない。これはかりそめ。プロジェクトが終わるまでの仮の関係。

勝手に熱を帯びる頬《ほお》をパンとひとつ両手で叩《たた》き、由高は笑顔で篤正に駆け寄った。


麻のシャツを一枚買ってもらい、ペット可のレストランで夕食を終えて帰宅したのは、午後七時過ぎのことだった。いつもなら月餅とふたりでゆるゆると過ごしている時間に、篤正がいる。それだけで由高の心はふわふわと落ち着きなく躍った。

「どうですか？」

「うーん……」

帰宅するなりダイニングで始まったのは、チェリーパイの試食だ。昼間のうちに和希が焼いておいてくれたパイをひと口齧《かじ》った篤正は、難しい顔で腕を組んだ。

昨日から始まったチェリーパイの復刻作業は、プロジェクト最大の難所と思われた。なぜならチェリーパイは、元祖『ラ・スリーズ』のメニューの中で唯一由高が一度も食べたことのないケーキだったからだ。

絶対味覚を持つ由高だが、さすがに食べたことのない味を再現することはできない。そこで幼少の頃チェリーパイが一番好きだったという篤正に、意見を聞くことにしたのだ。

「美味《うま》いことは確かなんだが、当時の味とは何かが違う気がする」

「例えばどのあたりでしょうか」

「パイ生地はかなり近いと思う。サクサク加減や鼻に抜けるバターの香りは記憶にある風味に近い」

「そうすると、問題はチェリーか……」

煮込み方だろうか、それとも砂糖の分量だろうか。チェリーの種類については、当時のケーキの写真から和希が当たりをつけてくれたが、それすら正しくない可能性もある。

予想はしていたが、やはり簡単にはいかないようだ。そもそも由高に味の記憶がない時点で再現はかなり厳しい。最悪の場合、復刻ケーキのリストから外れる可能性もある。

チェリーパイは人気メニューのひとつだったと聞いている。しかも篤正少年一押しのケーキだ。ぜひとも復刻したいのだけれど、なかなかに前途多難だ。

「ごちそうさま。美味《おい》しかった」

パイを完食した篤正が、紅茶のカップを傾ける。

「お前ほど味を正確に記憶できなくて悔しいんだが、なんて言えばいいのかな、もう少し素朴な味だった気がするんだ。寒い冬に学校から帰ってそれがテーブルにあると、心がほっこりするような……そうだな、たとえば焼き芋的な？」

「焼き芋……」

「すまん。かえって混乱させた」

「……いえ」

——素朴な味か……。

カップを持つ篤正の手に、昼間の記憶が蘇る。

温かい手のひらだった。あの手のひらが、ふわりと両手を包んでくれた。

思い出すだけで条件反射のように胸がきゅんとなる。トクトクと鼓動が速まり、頬が熱くなってくる。

「どうした。顔が赤いぞ」

篤正が心配そうに顔を覗《のぞ》き込んでくる。

「熱でもあるんじゃないのか？」

長い腕がすっと伸びてくる。その手が額に触れる寸前、由高は反射的に身を引いた。行き場を失くした手と由高の顔を交互に見やり、篤正は気まずそうに俯いた。

「……すみません。熱はないです。紅茶、もう一杯淹《い》れましょうか」

「ああ……そうだな」

由高はティーポットを手にキッチンへ向かった。

ドクドクと高まるばかりの鼓動から意識を逸らしたくて、話題を探す。

「そ、そういえばこの間和希が、飴《あめ》細工で作ってくれたんですけど——」

「和希？　そういえばこの間もそう呼んでいたな」

声に振り返ると、篤正の眉間《みけん》に小さな皺が寄っていた。

「ああ、すみません。桃川さんがそう呼んでいいって」

「彼とは上手くやれているようだな」

由高は「はい」と元気に頷いた。

「和希って、本当にすごいパティシエなんですね。見てくださいよ、これ」

由高はキッチンの隅に置いておいた飴細工を手に取り、篤正に見せた。

「犬……パグか」

「月餅です。額の皺のところとか、耳の垂れ具合とか、月餅の特徴がよく捉《とら》えられていると思いませんか？」

「……かもな」

「月餅、和希にもすごく懐いているんですよ。和希って、いつもいい匂《にお》いさせているじゃないですか」

「いい匂い？」

「服とか髪とか、あと手も。お菓子の甘い匂いがするんです。和希が『月餅は俺のこと、おやつだと思っているんじゃないか？』って――」

話の途中で、篤正がガタリと椅子《いす》から立ち上がった。

「あ、篤正さん？」

「プロジェクトが順調に進んでいるようで安心した」

白い歯を見せた篤正だが、なぜか目だけが笑っていない。

「片づけなければならない仕事があるから部屋に行く」

「えっ、これからですか？」

「急に思い出したんだ。先に休みなさい」

篤正はくるりと背を向け、すたすたと自室に入ってしまった。

「おやすみ……なさい」

パタンとやや乱暴にドアが閉まる音を聞きながら由高は首を傾げた。何か失言しただろうかとひとしきり考えてみたが、思い当たる節はない。ドッグスペースではさっきから月餅が、買ってもらったばかりの月餅型のミニクッションで遊んでいる。

「気に入ったか？　篤正さんに感謝しろよ」

「ふがっ、んごっ」と鼻を鳴らしながら、世にも幸せそうな顔でクッションをはむはむする月餅に、思わず頬が緩んでしまう。

「篤正さん、こんな時間から仕事なんだってさ。せっかくの休みなのに。社長さんって大変なんだね」

はあっと大きなため息をついて、月餅を抱き上げた。

小さな身体がほわんと温かくて、さっきの篤正の手のひらを思い出してしまう。

心の奥に芽生えたさざ波は、いつしか大波に育っていた。

――勘違いするな。勘違いするな。勘違いするな。

呪文《じゅもん》のように唱えてみても無駄なことは、悲しいけれどもうわかっている。

「どうしよう、月餅。おれ、篤正さんのこと好きになっちゃったみたい」

むにむにと頬を寄せると、月餅は「知らんがな」とばかりに身を捩《よじ》り、由高の腕から逃れ、またクッションで遊び始めた。そのマイペースさに苦笑しながら、由高は恋の津波に飲み込まれていくのを感じていた。


「なあ由高、この頃社長、丸くなったと思わないか？」

和希がシャカシャカとリズミカルにメレンゲを泡立てる。

「この頃って言われても、おれは昔の篤……社長を知らないから」

ふたりだけの時は篤正さん。和希や洲本がいる時は社長。プロジェクト始動から二週間が過ぎても、器用に使い分けできずにいる。

「社長と顔を合わせる機会が増えたからじゃないの？」

メレンゲにグラニュー糖を加えながら、和希は「違う」と首を振った。

「そう感じてるの、俺だけじゃないみたいなんだよね」

このところ社内のあちこちから「表情が柔らかくなった」「口調が穏やかになった」「眉間の皺が浅くなった」と、篤正の変化を噂する声が聞こえてくるのだという。

「由高は知らないだろうけど、うちの社長ってホントに愛想がなかったんだから。笑ったら死ぬの？　ってくらい」

氷点下の視線は経験済みだ。由高は「あはは」と半笑いする。

「一昨日《おととい》も、廊下ですれ違った時に笑顔で『ご苦労さま』って言われたって、開発の女の人たちがきゃあきゃあ言ってた。あんなにイケメンが笑顔まで兼ね備えたら、それこそ洲本さんの言っていた……」

「鬼に金棒」

「そう。その金棒だよ、まったく――由高、スパチュラ取って。長い方」

「オッケー」

ここ数日はちょっとした助手の作業もこなせるようになった。スパチュラを和希に手渡しながら、由高はちょっぴり複雑な気持ちになる。

――篤正さんの笑顔は、おれだけのものにしておきたかったたな……。

突然首を擡《もた》げた独占欲にぎょっとした。篤正の心を独り占めしたいなんて、図々しいにもほどがある。いつから自分はこんなに欲張りになったのだろう。

自分は篤正の家族でも恋人でもない。このプロジェクトを成功させるために居候させてもらっているだけの他人だ。親切と愛を混同してはいけない。

「やっぱりあの話、本当だったんだな」

和希は流れるような手つきで、スポンジケーキに生クリームを塗る。

「あの話って？」

お姫さまにドレスを着せるような美しい所作に、由高はいつも見惚《みと》れてしまう。

「結婚するっていう」

「結婚？　誰が？」

「社長が」

「…………え」

由高は息を止め、ゆっくりと視線を上げる。

「前々から噂はあったんだよね。婚約者？　みたいな人がいるらしいって」

最近社長が丸くなったのは、きっと彼女との結婚が決まったからだろうと、社内でもっぱらの噂なのだという。

——婚約者がいたんだ……。

欲張ってはいけない。親切と愛は別物だ。たった今自分を律したばかりなのに、足元が崩れていくような感覚に襲われる。

「そういう状況だから、俺のことも自分のことみたいに喜んでくれたのかな」

「和希のこと？」

「実は俺、この間社長に訊《き》かれたんだ。恋人いないのかって」

『桃川くんには、お付き合いをしている女性はいないのかい？』

先週のことだった。所用で秘書課を訪ねた和希は、エレベーターホールで篤正と鉢合わせた。そこで突然尋ねられたのだという。

和希には以前から付き合っている年上の彼女がいる。唐突な質問に面食らいつつ『最近結婚の話もちらほら出るようになって』と正直に答えた。すると篤正は見たこともないような晴れやかな笑顔で『決まったらぜひ教えてくれ。お祝いをしたい』と和希の肩を叩き、躍るような足取りで去っていったという。

「自分も幸せだから、俺の幸せにもシンクロしてくれたんだろうな。なんだかんだ言ってうちの社長、めっちゃいい人だと思わないか？」

和希は歌うように話しながら、お姫さまのドレスを仕上げていく。

「思う思う」

沈む心を気取られないように明るく答えようとしたが、頬が引き攣って上手く笑えない。

婚約者がいるのなら、なぜ自分みたいな人間を居候させているのだろう。その上たまに取れた休みを、なぜ自分なんかのために使ってくれたのだろう。

「ていうか社長、あのワーカホリックぶりで、一体いつデートしてるんだろうな。ここに婚約者を連れてきたことないの？」

和希が手を動かしながらチラリと視線を上げる。由高はふるんと首を振った。

「一度も」

「そうなんだ。じゃあどこか外でデートしてるんだろうな」

「デートできるような時間に帰ってこないよ。それに三日に二日はどこかに出張だし」

少なくとも一緒に暮らすようになってから、女性の影を感じたことは一度もない。ところが和希は「それだ」と人差し指を立てた。

「それって？」

「正直に今日は婚約者とデートだなんて言ったら、由高が『自分がいるからここへ連れてこられないんじゃないか』って変な気を遣うだろ。だから出張ってことにしているんじゃないの？」

和希はそう言って笑ったが、図星すぎて目眩《めまい》がした。

夜の公園でケーキを自棄《やけ》食いしていても、犬が苦手でも、篤正は社長だ。大手洋菓子メーカーの代表取締役なのだ。加えてあのルックスだ。いくら仕事漬けの毎日だといっても恋人のひとりやふたり、いない方がおかしい。

『確かに迷惑なくらいモテるな』

出会った夜、酔って『モテるでしょう?』と尋ねた由高に篤正はそう答えた。謙遜《けんそん》の欠片《かけら》もない返答に笑ってしまったけれど、モテないはずはないだろうと今にして思う。もしかすると婚約者ができるまでは、それなりに遊んでいたのかもしれない。けれど晴れて結婚が決まり、今は彼女とだけ密《ひそ》かにデートを重ねている。そう考えるのが自然だ。

何も聞かされていないとはいえ、自分の想像力のなさにほとほと呆れる。

――おれ、完全にお邪魔虫だな。

由高の表情が冴《さ》えないことに気づいた和希が、「ああ、ごめん」と慌てた。

「そういう意味じゃなくて。単に『今夜はデートだ』って言うのが照れくさかっただけかもしれないじゃん。本当に邪魔なら、最初から居候なんかさせないって。だろ?」

「……だね」

曖昧《あいまい》に笑うのが精一杯だった。

「それに結婚するとしても、多分このプロジェクトが終わってからだと思う」

「どうして?」

「これは俺の勘だけど、社長ってああ見えて案外不器用なんじゃないかな。社運をかけた大事なプロジェクトと、プライベートの一大イベントを一緒に進めるなんて、できないような気がするんだよね」

「……そうなのかな」

「そうだよ。だから由高はプロジェクトが終わるまで、堂々とここにいればいいんだよ」

明るくフォローされればされるほど、由高の気持ちは沈んでいく。

篤正には婚約者がいる。このプロジェクトが終われば結婚する。どれほど仕事が忙しくても、いや忙しいからこそ、愛する人との結婚を心待ちにしているはずだ。

由高がこの部屋を出ていけば、入れ違いに妻となる女性がやってくる。それが本来あるべき姿なのだと思ったら、胸の奥がチリチリと焼けるように痛んだ。

『あれは……手が滑ったんだ』

涼しい顔をしていたけれど、あれはわざとやったに決まっている。

強くて勇気があって優しくて、これ以上ないほど素敵な人。

「……っ」

不意に鼻の奥がツンとして、由高は唇を噛んだ。

「さて、できたぞ」

和希がお姫さまの着替えを終わらせた。筋の一本もない完璧な仕上がりだ。純白に塗られたホールケーキがウエディングケーキを思い起こさせ、またぞろ心が重くなる。

「あー、くたびれた」

「お疲れさま。デコレーションの前に、ちょっと休憩しようか」

「そうだな。クッキーもそろそろ焼き上がる頃じゃないかな」

和希が振り向くと、待っていたようにオーブンのタイマーが鳴った。

時間に余裕がある日、和希は月餅のおやつを作ってくれる。この日焼いたのはかぼちゃのクッキーだ。

「うん。いい感じに焼き上がっている」

焼けた犬用クッキーを、和希がクッキークーラーに並べていく。

「無添加だから安心安全だぞ、月餅」

「あんっ！」と吠《ほ》えて月餅が飛んでくる。大喜びで足元を回る姿はいつ見ても愛らしい。

「月餅、絶対に『おやつ』って言葉、覚えたよな」

「うん。おれもそう思う」

「あんっ！　あんっ！」

おやつはよくれ～、とばかりに月餅が吠える。

「まだダメ。冷まさないと火傷《やけど》するだろ」

和希が宥《なだ》めても、月餅は聞く耳を持たない。あたりに漂うかぼちゃの甘い匂いに、早くも涎《よだれ》を垂らしている。

「仕方ないやつだな。急いで冷ましてやるから待ってろ」

和希は苦笑しながらクッキーを一枚手に取り、ふーふーと冷ましにかかった。ついつい月餅を甘やかしてしまう由高の癖が伝染したようだ。

「あんっ、あんっ、ふがっ！」

もうすぐおやつがもらえるとわかっているのだろう、月餅の興奮がピークに達する。

「もうちょっとだから」

和希が月餅を抱き上げた時だ。月餅がもぞもぞと身体を捩り始めた。

「こら、月餅、待て」

和希の腕の中で月餅が暴れる。

「待てって言ってるだろ。待て——うわっ」

「あんっ！」とひと声高く吠え、月餅が和希の腕からジャンプした。

「危ない！」

手を伸ばした時にはすでに遅かった。月餅は作業台の上のクッキークーラーに着地した。

ガチャンと大きな音がして、焼きたてのクッキーが床に散らばった。

「月餅！」

慌てて駆け寄り、驚きに竦む小さな身体を素早く抱き上げた。

「大丈夫か？　痛いところはないか？」

「火傷していないか？」

和希も心配そうに屈《かが》み込む。ふたりして前足、後足、身体の隅々まで点検してみたが、
幸いなことに怪我《けが》や火傷を負っている様子はなかった。

「よかった……」

由高は安堵《あんど》のあまり、月餅を抱きしめたまま床にしゃがみ込んでしまった。

「ごめん、由高。俺がしっかり抱いていなかったから」

「和希のせいじゃないよ」

由高は月餅の顔をじっと見据え、いつにない厳しい声で言った。

「月餅、ダメだろ、こんなことをしたら」

ぐっと睨みつけるが、月餅は床に散らばったクッキーを拾い上げる和希が気になるらしく、そちらばかりチラチラ見ている。

「こっちを見なさい、月餅。待てって言われたら、まだダメなんだ。いいって言われるまでちゃんと待たないとダメなんだぞ？　わかるか？」

「……あうん？」

戸惑いに瞳を揺らすが、いまひとつ理解できていない様子だ。

「そんな困り顔しても今日は許さないぞ。和希がせっかく焼いてくれたクッキーを床にばら撒《ま》いたんだから、今日はおやつナシだ」

「おい、なにもそこまでしなくてもいいだろ」

クッキーを拾い終えた和希が目を見開く。

「わざとやったわけじゃないんだから」

「いいんだ。今までちょっとこいつに甘すぎたから」

　可愛さが先に立って少し甘やかしすぎていたことは事実だ。もう少し真剣に躾をしていれば、こんなことにはならなかったのだ。

　前の飼い主に捨てられた心の傷を癒《いや》すことが何より大事だと思っていた。あの夜、あの公園でぐったりとしていた月餅を思い出すと、今でも胸が苦しくなる。当たり前に傍にいた人が突然いなくなる不安と悲しみは、由高が誰よりわかっている。

　それでも叱《しか》らなくてはいけない時がある。由高は月餅をドッグスペースへ運んだ。

「いいって言うまで、ここで反省していなさい」

　叱られているとようやく気づいたのだろう、月餅が「くうん」と悲しげな声で鳴いた。泣き出しそうな顔でこちらを見上げる月餅に「わかったな」と背中を向けた。

「おい、ちょっと厳しすぎるんじゃないのか？　月餅、しょげちゃってるぞ」

　すっかり元気をなくした月餅に、和希は心配そうだ。

「たまにはこれくらいしないと。そうじゃないと何をしても叱られないと勘違いするだろ」

「どうしたんだよ。今日の由高、変だぞ？　いつもそんなにきつく叱らないだろ」

「おれは別に――」

　いつも通りだ。言いかけて言葉を呑んだ。もしかすると自分は、月餅に八つ当たりしてしまったのではないだろうか。

篤正に婚約者がいると知って激しく動揺した。心の中に芽生えたもやもやを、そのまま月餅にぶつけてしまったのではないだろうか。

おやつが嬉《うれ》しくてちょっとはしゃぎすぎただけなのに。振り返ると月餅は、部屋の隅でちんまりと丸まっている。その背中に漂う哀愁に、胸がぎゅうっと痛んだ。

――おれ、飼い主失格だ。

和希が帰ると、部屋の中がシンとした。かぼちゃのクッキーを手にそっと月餅に近づくと、やっぱり大きなセムラにしか見えない白い背中が静かに上下している。

「……月餅」

ぐっすり眠っているのだろう、声をかけても月餅は振り向いてくれない。

「お腹空いただろ。クッキー持ってきたぞ」

誘うように話しかけたが、月餅はぴくりともしなかった。そっと傍らにしゃがみ込み、由高は深く項垂《うなだ》れた。

「さっきはごめん。おれ、めちゃくちゃショックなことがあってさ……お前に八つ当たりしちゃったんだ。ほんとにごめん……ごめっ……くぅ」

謝罪が嗚咽《おえつ》に変わる。守ってやると約束したのに、感情のままに叱ってしまった。きっと傷ついたに違いない。もう二度と由高の手からおやつを食べてくれないかもしれない。

目を覚ましても、ふがふがと鼻息を荒くして飛びついてくれないかもしれない。

「ごめん……おれ、最低……っ」

ショックと後悔で、頭の中がぐちゃぐちゃだった。

篤正に婚約者がいた。その事実は時間とともに由高の心をじわじわ侵し始めた。篤正が好きだと自覚してまだ何日も経っていない。マイノリティーな上に晩生《おくて》だった由高に、初めて訪れた恋だった。

――初恋。

舌に載せることすら照れくさい年になってしまったけれど、篤正との毎日は疑いようもなく幸せだった。心の中でその名を呼ぶだけで鼓動が弾み、躍り出したいような気分になる。名前を呼ばれただけで、胸の奥が甘く疼《うず》いた。

プロジェクトが終わったらこの家を出ていく。最初から決まっていることだけれど、それでも篤正との縁が完全に切れるわけではない。週に一度、いや月に一度でもいい。その姿を遠くから拝めたらそれでいい。どこかでそんな都合のいいことを考えていた。

住む世界の違う人。自分と結ばれる未来なはい。頭ではわかっていたはずなのに、いつしか夢を見る楽しみに浸っていた。ふわふわと夢見心地でお花畑を歩いていたら、なんの前触れもなく雷に打たれた気分だ。花の上にバタリと倒れ込んだ由高は、起き上がることすらできず途方に暮れる。目の前が真っ暗だった。

「月餅、おれ、どうしたらいい？　……なんてお前に訊く資格、ないよな」

『案外冷えるな。指先がこんなに冷たい』

大きくて温かい手のひらだった。甘い温もりがじわじわと身体中に広がっていく感覚を、きっと一生忘れることはないだろう。

あんな穏やかな声で、その女性にも話しかけるのだろうか。あんな優しい手のひらで彼女の手も包むのだろうか。あの日自分にしてくれたのと同じように。

――篤正さんが結婚して、月餅にまで背を向けられたら……。

またひとりぼっちになってしまう。

「……ううっ……」

膝《ひざ》に顔を埋めて嗚咽をこらえていると、玄関のドアが開く気配がした。

――篤正さんだ。

今日に限って帰宅が早い。由高は慌てて顔を上げ、拳《こぶし》でごしごしと涙を拭《ぬぐ》った。

「お帰りなさい」

ドアが開くや立ち上がり、ことさら明るい声で迎えた。

「ただいま」

「きょうは早かったですね」

一瞬笑顔を向け、そのままさりげなく背を向けた。

「晩ご飯まだですか？」

「いや、会議で弁当が出た」

「そうですか。お風呂《ふろ》、そろそろ沸くところなので――あ」

近づいてきた篤正に後ろから腕を引かれた。その力の強さに、由高はビクリと身体を竦ませた。

「どうした。何かあったのか」

上手くごまかせたと思ったのに、涙の跡に気づかれてしまったらしい。

「こっちを見なさい」

振り向かずにいると、篤正が正面に回り込んできた。顎《あご》に指をかけられ、ぐいっと上向かされる。不意の接近に、頬がかぁっと熱を帯びた。

「何を泣いていた」

「泣いてなんか……」

ずるりと一歩後ずさる。

「誰だ。お前にそんな顔をさせたのは」

怖い顔で、篤正が一歩距離を詰める。

「まさか公園で会ったあの男か」

由高はふるんと首を振った。

「じゃあ桃川くんと喧嘩《けんか》でもしたのか」

「か、和希は関係ないです」

「なら誰だ」

二の腕を握る手に力が込められる。由高が答えるまで放すつもりはないのだろう。

「月餅を……叱ってしまったんです」

篤正に婚約者がいると知ってショックを受けたことだけを伏せ、昼間あったことを正直に話した。

「和希がせっかく焼いてくれたクッキーをひっくり返しておいて、全然反省もしていないみたいで……それで一瞬カッとなってしまって」

悲しそうな月餅の顔を思い出したら、また涙が滲《にじ》みそうになった。

「そうか。そんなことが」

泣いていた理由がわかって安堵したのか、二の腕を握る力が緩んだ。

「月餅、かなり凹んだみたいで……餌も食べずに寝ちゃって」

「腹が減ったら起きるだろ」

「でも、おれのこと嫌いになったかもしれない」

声が震え、涙が溢《あふ》れた。

「バカだな。そんなことで嫌いになんかならない。心配するな」

「でも」

「冷静になれなかったのは、お前がそれだけ真剣に月餅の身を案じたからだ。それはちゃんと月餅に伝わっている。今頃夢の中で反省しているさ」

「……そうでしょうか」

「子供は叱られて大きくなるものだ。だからそんな顔するな」

くしゃっと髪を撫でられ、ドクンと心臓が鳴った。反射的に身体を引くと、篤正の瞳が翳《かげ》った。

「なぜ逃げるんだ」

「…………」

「別に取って食ったりしない」

由高の性指向を篤正は知っている。からかうような台詞に頬が熱くなる。

「俺に触られるのが嫌なのか」

「……そんなこと」

由高は小さく首を振る。好きな人に触れられて嫌なわけがない。

「だったら」

長い腕が伸びてきて由高の身体をふわりと包んだ。

――えっ……。

抱きしめられているのだと理解するまで、少し時間がかかった。頬に触れるスーツの襟の感触とそこから香るトワレの匂いに、心臓がトクトクと走り出した。

——篤正さんの匂い……。

近づいた時、すれ違う時、ふわりと香るその匂いにこっそり胸をときめかせていた。大好きな香りを胸いっぱいに吸い込み、由高は軽い目眩を覚える。

「あ……篤正さんっ、あの」

思わず身を捩ると、動きを封じるように強く抱きしめられた。

「少しは甘えてくれ」

「……え」

「誘い方が強引だったという自覚はある。いきなり環境が変わって不安や戸惑いもあるだろう。だからせめてここに置いて、俺が悩みを聞いてやろうと思ったんだ。それなのに」

篤正はふうっと深いため息をついた。

「居候させてやるなんて言っておきながら、出張出張でほとんど家にいられない。お前が起きている時間に帰ってこられることも少ない。——ごめんな」

篤正の手のひらが、由高の後頭部を撫でる。慈しむように髪を梳《す》かれ、ますます鼓動が激しくなる。頬が、耳が、身体中が火照《ほて》る。

——どうしよう、気づかれちゃう。

ドクドクと激しくなる一方の鼓動が、このままでは篤正に伝わってしまう。

知られてはいけない。強い思いが過《よぎ》った。取って食ったりしないなんて冗談を言えるのは、由高の恋心に気づいていないからだ。もし由高が自分に特別な感情を持っていると知ったら、篤正は平静ではいられないだろう。

——気づかれたら、ここにはいられなくなる。

由高は篤正の胸に両手を当て、強く押した。

「すみませんでした。もう平気です」

無理やり作ったくしゃくしゃの笑顔は、篤正の目にどう映っただろう。

「そんな顔で平気と言われてもな」

篤正は疑わしそうに目を眇める。

「目が赤い」

「擦《こす》ったからかな」

へへっと軽く笑ってみせたのに、篤正は硬い表情のままだ。

「頬も赤い。耳も、それからここも……」

長い指が、唇に向かって真っ直《す》ぐ伸びてくる。

——ダメだ。

由高は咄嗟《とっさ》に顔を背けた。

「すみません。先に休みます」

「……由高」

「おやすみなさい」

逃げるように自室に戻る途中も、鼓動の高まりはやまない。バタンと自室の扉を閉めるなり、そのままへなへなと床に座り込んでしまった。

ドクドクドクドク。激しく脈打つ胸を抱きかかえ。由高はぎゅっと目を閉じた。

いつの間にこんなに好きになっていたのだろう。

いつの間に引き返せない場所まで来てしまったのだろう。

一瞬、唇に触れてほしいと思ってしまった。その気がなくてもいい。冗談でも慰めでもいい。キスをしてほしいと願ってしまった。図々しくて浅ましい欲望を、篤正に気づかれるわけにはいかない。

――あの指は、おれのものじゃない。

篤正が本当に触れたいのは、自分ではない。歯を食いしばって言い聞かせるのに、溢れ出してしまった恋心は膨れ上がるばかりだった。

顔も知らない婚約者と篤正が、熱く見つめ合う姿が目蓋《まぶた》の裏に浮かぶ。優しい手のひらで彼女の頬に触れ、愛《いと》おしそうに包み、そっとキスをする――。リアルな想像に、胸が引き裂かれそうになる。

できることなら彼女と入れ替わりたい。篤正の心が欲しい。むくむくと首を擡げてくる感情にぞっとした。

——これじゃ伊能と同じじゃないか。

嫉妬に狂って卑劣な行為に及んだ伊能を、心の底から軽蔑《けいべつ》してきた。それなのに今、彼の抱いていた心の痛みに、あろうことか共感している自分がいる。篤正の婚約者を憎いとは思わない。ただふたりの結婚を心から祝福できる自信はなかった。

「最低だ……おれ」

真面目なだけが取り柄だと思って生きてきた。自分の中にこんな歪んだ欲望が潜んでいたなんて、昨日まで思いもしなかった。

『そんな心の卑しい子に育てた覚えはないよ、由高』

サンドラの悲しげな声が聞こえてくるようで、また涙が零《こぼ》れ落ちた。

膝を抱えたまま、いつの間にか寝入ってしまったらしい。夜半、リビングから聞こえるかさこそという物音で目が覚めた。低く囁くような声も聞こえる。

——篤正さん……？

こんな時間に仕事の電話だろうか。不思議に思いながら由高はそっとドアを開けた。リビングの足元灯が点《つ》いている。ぼそぼそという話し声は、ドッグスペースの方から聞こえてきた。

――まさか……。

「美味いか？　知ってるぞ。お前はささみ味が好きなんだろ？」

「ふがっ」

「安心していっぱい食えよ。箱買いしたからな」

ドアの隙間から覗き見た光景に、由高は激しいデジャブを覚えた。パジャマ姿の篤正がしゃがみ込んで月餅に話しかけている。あの夜と違うのは、月餅が猛烈な勢いで餌を貪《むさぼ》っていることと、ふたりの距離が五十センチほどにまで近づいていることだ。

「叱られてふて寝したんだって？　柄にもないことするから今頃腹が減るんだ。あいつに知れたら今度は俺が叱られるから、こんな時間に餌食ったことは黙ってろよ。いいな」

「あんっ」

「まったく……あんまり由高を困らせるようなことするなよ」

由高という名前に反応したのか、月餅はもそりと顔を上げた。

「そんな顔するな。誰にでも過ちはある。そんなことくらいで由高はお前のこと嫌いになったりしない」

「……あうん」

「大丈夫。あいつの頭の中はいつだってお前のことでいっぱいなんだ」

――篤正さん……。

低く優しい囁きを聞きながら、心のさざ波が徐々に穏やかになっていくのを感じた。

「由高はお前に自分を重ねているんだ。大切な人に突然去っていかれる寂しさは、経験した者にしかわからないからな。小さい頃あいつがどんなに傷ついたのか、俺には想像することしかできない」

静寂の中に響く篤正の囁きは、春の雨のように由高の心に沁みた。

「だからお前はずっとずっと、由高に寄り添ってやってほしいんだ。特別何もしなくていい。そのべちゃ～っとした不細……個性的な顔でもって、由高を笑わせてやってくれ」

ひどい言われように、月餅が「ううぅ」と唸る。由高はそっと笑いを噛み殺した。

「それより月餅、知っていたら教えてくれよ。由高はなんであんなに落ち込んでいたんだ？　あいつが泣いていたのは、お前を叱っちまったからだけじゃないんだろ？」

暗がりの中で、由高は目を見開いた。

「何があったか知らないけど、俺はショックだった。なぜあいつは俺に相談してくれないんだろう。俺はそんなに頼りないのか？　それとも相談ごとをするほど親しくないと思われているのか？」

篤正の大きなため息をよそに、月餅は皿の餌を平らげた。

「あんっ！」

「しーっ。静かに。由高が起きるだろ。もうおしまいだ。明日の朝飯が食えなくなる」

「ぐぅぅ……」

「そんな顔してねだってもダメだ。俺は由高じゃないからな。絆《ほだ》されないぞ」

由高は足音を忍ばせ自室に戻った。閉めたドアに背中を預けると、そっと目を閉じた。

あれほど荒れ狂っていた胸の奥が、不思議なほど凪《な》いでいた。心の奥に小さな火がともったように、ほわりと温かい。

篤正には婚約者がいる。もしいなかったとしても、由高が男だという時点でふたりの間に恋愛は成立しない。だから部屋の鍵《かぎ》をかけ忘れて寝てしまっても、悲しいことに一度も襲われたことはない。

それでもこんなに大切にされている。夜の公園で出会った夜は、神さまに見えた。伊能から救ってくれた時は正義のヒーローに思えた。たとえ恋愛ではないとしても、確かな篤正の愛情を感じる。

――なのにおれ、篤正さんに何も返せていない。

嫉妬などしている場合ではない。今大切なのは、持てる力のすべてをプロジェクトに注ぐことだ。結婚式が執り行われる頃、由高は多分『ラ・スリーズ』にいない。だからこそなんとしてもプロジェクトを成功させて、結婚へのはなむけにしたい。

篤正の期待に応《こた》えたい。篤正の笑顔が見たい。あらためて胸に熱いものが込み上げてくるのを感じた。

「にしても……初恋は実らないって、本当なんだな」

呟いたらやっぱり胸の奥がひどく痛んだ。

「仕方ないよ。好きになっちゃったんだから」

ベッドの端に腰かけて少しだけ泣いた後、明日からはもう泣くまいと心に誓った。


翌朝、「あんっ！　あんっ！」という鳴き声で目が覚めた。

——月餅……。

ベッドから跳ね起き、リビングのドアを開けた由高の目に飛び込んできたのは、お気に入りの月餅型ミニクッションと元気に戯れる月餅の姿だった。

「月餅……おはよ」

恐る恐る声をかけると月餅はパッと目を見開き、待っていましたとばかりに由高の方へ向かって突進してきた。抱き上げようとしゃがんだ途端、月餅の体当たりがさく裂した。

「うわあっ」

そのままふたりで床にごろんと転がる。馬乗りになった月餅に顔や首元をこれでもかと舐《な》め回され、由高はたまらず首を竦めた。

「ちょっと、擽《くすぐ》ったいって、月餅、あはは」

身を捩ると、月餅の鼻息はますます荒くなる。

「ひゃはは。降参、降参だってば」

短い尻尾《しっぽ》を振るその小さな身体から、「大好き」が溢れているのを感じる。

「月餅、昨日はごめんな」

「ふがっ、ふごっ」

月餅は返事もせず、由高のパジャマの裾《すそ》から潜り込んでくる。

「あはは、マジで擽ったいってば。こら、そこ、噛んじゃダメッ」

隙あらば乳首を狙《ねら》おうとする月餅と格闘していると、篤正の部屋のドアが開いた。

「あ、篤正さん、おはようござい――こら、乳首はやめろって、ああっ」

「朝っぱらからなんて声出してるんだ」

パジャマ姿の篤正が目を眇める。

「す、すみません、月餅が――ああっ、やめてって」

あまりの擽ったさに、高い声が出てしまう。

「……ったく、お前は俺を試しているのか」

篤正はため息とともに洗面所へ消えてしまった。

「月餅、もうおしまい。朝ご飯にするぞ」

朝ご飯という言葉に、月餅はようやくいたずらをやめた。昨夜《ゆうべ》遅くに餌をもらったくせに、もうお腹が空いたらしい。

「食欲の権化だな、お前……って、おれもだけど」

昨夜あんなに泣いたのに、今朝《けさ》はお腹が空いている。

「ま、飼い主に似るっていうからな」

しわくちゃの顔をムニッと引っ張ると、身体の底から元気が出てくるのだった。


その日もいつものように篤正の帰宅は深夜だった。

「おかえりなさい」

玄関まで出迎えると、疲れ切った篤正の表情がほんの少し緩んだ。

「まだ起きていたのか。先に休んでいろと言っているのに」

靴を脱ぐ仕草がいつもより緩慢だ。

「本を読んでいたら眠れなくなっちゃって」

などと言い訳したが、本当は篤正の顔をひと目見たくて、濃いめのコーヒーを飲みながら起きていたのだ。元祖『ラ・スリーズ』復刻プロジェクトは、当初の予定より遥《はる》かに前倒しで進み、九割方のメニューについて復刻の目途《めど》が立ってきた。

早く完成させて篤正を喜ばせたい。けれどそれは同時に篤正との別れを意味する。刻一刻と近づいてくるさよならの時。あと何日一緒にいられるだろう、あと何回顔を見られるだろうと思うと、帰りを待たずにはいられなかった。

「遅くまでお疲れさまでした」

「……ああ」

脱いだ上着を受け取ろうと手を伸ばすが、篤正は気づかず、由高の横をすり抜けてしまった。すれ違う瞬間、ふわりとアルコールの匂いがした。

——お酒飲んできたんだ。

一瞬浮かんだ女性の影を振り払った。篤正が誰とどこで酒を飲もうが、由高には関係のないことだ。

——それにしても……。

今夜の篤正はどこか変だ。どんなに遅くなっても疲れていても、必ず由高の顔を見て「どうだ、順調か？」と尋ねてくれる篤正が、この夜は真っ直ぐソファーに向かい、ドスンと腰を下ろしてしまった。心なしか顔色も優れない。

「由高、水を持ってきてくれるか」

「はい」

冷蔵庫のミネラルウォーターをグラスに注いで手渡すと、篤正はそれを一気に飲み干した。ごくごくと上下する喉仏に、つい視線が吸い寄せられる。

「ありがとう」

篤正がテーブルにグラスを置く。濡れた口元を拳で拭う仕草が男らしくてドキリとする。

「もう一杯お持ちしますか？」

「いや、もういい」

ふうっとついた大きなため息がセクシーでドキドキしてしまう。結局自分は篤正のすべてが好きなのだと、心の中でちょっと呆れた。

「今日、桜子《さくらこ》さんのところに行ってきた」

唐突に、篤正が話し出した。

「桜子さん？」

「祖母だ」

「篤正さんのお祖母さんってことは……」

「先代夫人だ。『ラ・スリーズ』の」

お祖母《ばあ》ちゃんと呼ばれるのを嫌った彼女を、篤正は小さい頃から「桜子さん」と呼んでいるのだという。御年九十歳になる桜子は、夫の忠正が亡くなった後、郊外にある老人ホームに入居している。

「ラ・スリーズっていうのはフランス語で桜の木という意味だ」

ケーキ店を始めるにあたって忠正は、愛する妻の名前を店名に掲げたのだという。

「愛妻家だったんですね」

サンドラと桜子は歳《とし》が近かったせいか、しばしばカウンター越しにガールズトークを繰り広げていた。ふたりの様子を忠正が優しい目で見守っていたことを、朧《おぼろ》げに覚えている。

「桜子さんは、お元気でしたか？」

「おかげさまで健康そのものだ」

その声はなぜか沈んでいた。訝《いぶか》る由高の前で、篤正は髪をガシガシと掻き乱す。

「実は今回のプロジェクトが立ち上がってすぐ、桜子さんを訪ねていたんだ」

元祖『ラ・スリーズ』のケーキを復刻するにあたって、桜子の同意は必須《ひっす》だと考えた篤正は、いの一番に彼女のもとを訪れた。

「桜子さんはなんて」

ごくりと唾《つば》を飲む由高に、篤正は首を振った。

「詳しい話をする前に『絶対にやめてちょうだい』と言われたよ。予想通りの反応だった」

『当時のレシピは忠正さんと一緒に天国へ送ったの。レシピなしに復刻なんてできるわけがないでしょ。不完全なものを復刻版として世に出すのは許しません』

ピシャリとそう言い放ち、取りつく島もなかったという。

由高はがっくりと項垂れた。『ラ・スリーズ』を会社化することに先代夫婦は反対だったのに、篤正の父・英正が半ば強引に進めてしまった。当時の経緯を鑑《かんが》みれば、桜子の反応は致し方ないのかもしれない。

「簡単にはうんと言ってもらえないだろうと思っていたから、何度か足を運んだ。けど桜子さんの意思は思った以上に固くて」

『その話をするのなら、二度とここへ来ないでちょうだい』

ついに今日、そう言い渡されてしまったのだという。篤正は両目頭を指で押した。

「さすがに参った。本音を言うと、親父じゃなく俺の話なら耳を傾けてくれるんじゃないかと、少しだけ期待をしていた。小さい頃はずいぶん可愛がってもらったからな。でも甘かったとわかったよ。可愛さ余ってなんとやらだ」

落ちくぼんだ目に、いつもの自信に満ちた光はなかった。

すべてのケーキが完成したとしても、桜子が承諾してくれなければ商品化することはできない。このひと月の頑張りが、すべて無駄になってしまうのだ。

篤正が珍しく酒の匂いをさせて帰宅した理由がわかった。こんな時、どんな言葉をかければいいのだろう。大丈夫。きっとなんとかなる。そんな無責任な励ましができない時は、どうやって慰めたらいいのだろう。

立ち尽くしたまま由高は逡巡《しゅんじゅん》する。もし自分が篤正の恋人なら、黙って隣に腰を下ろしてその肩をそっと抱くだろう。けれど由高はただの居候だ。篤正が肩を抱いてほしいと願う相手は今ここにいない。

——おれにできることは、本当に何もないのかな……。

「お、月餅」

篤正の声に振り返ると、ドッグスペースから月餅が出てくるのが見えた。

「起こしちまって悪かった——ん？」

何を思ったのか月餅は、篤正の足元に座り込み、その足首に顔を摺《す》り寄せた。突然のことに、篤正はただ目を見開いて固まっている。篤正が犬を苦手としていることを知ってか知らでか、このひと月の間、月餅が自分から篤正に接触することはなかった。

ところが今夜、月餅はなんの前触れもなく篤正の足元で寛《くつろ》ぎ始めた。初めての接触だ。

「こら、月餅」

慌てて抱き上げようとする由高を、篤正が手で制止した。

「寝てる」

「え、うそ」

「寝息が聞こえる」

屈んで耳を近づけてみると、すぴー、すぴー、という規則的な呼吸音が聞こえた。

「いきなり出てきていきなり寝るか？」

篤正は呆れたように首を傾げ、ぷっと小さく噴き出した。

「まさか俺を慰めているつもりなのか？」

「かもしれませんね。月餅なりに」

「だったら寝るな。もっとちゃんと慰めてくれよ」

情けない声で篤正が言うので、とうとう由高も噴き出してしまった。

見下ろした篤正の瞳には、いつもの力強い光が戻っていた。

「前途多難だが、俺は諦めない」

「おれも引き続き頑張ります」

「頼むぞ、由高」

はい、と頷いた由高の手を、篤正がそっと握る。

「お前が頼りなんだ」

「篤正さん……」

あの日と同じ温もりに包まれ、心が躍り出しそうになる。ときめいてしまいそうになる。

――勘違いするな。

由高は奥歯をぐっと嚙みしめ、すっと手を引いた。

「精一杯頑張りますから」

「由高……」

「篤正さんも、お風呂に入ってゆっくり休んでくださいね」

「……ああ、そうする」

「さ、月餅、お前のベッドはこっちだぞ」

月餅を抱き上げベッドに運ぼうとすると、後ろから「由高」と呼ばれた。意を決したような瞳に、嫌な予感を覚えた。

「聞いてほしいことがある」

「……なんですか」

「プロジェクトが成功したら、あらためて言おうと思っていたんだが……」

篤正が言い澱《よど》む。由高はぎゅっと目を閉じた。

その先の台詞はわかっている。だから聞きたくない。思わず耳を塞《ふさ》ごうとした時、篤正のスマホが鳴った。由高は月餅をベッドに置き、逃げるようにリビングを後にした。

「はい……ああ、大丈夫だ」

篤正の声を背にドアを閉め、大きなため息をついた。

――なんで今……。

たとえ真実を知っていても、本人の口から聞きたくはない。全部終わるまで、さよならの直前まで知らせてほしくない。

――聞かずに済んでよかった。

しかし自室に戻ろうとした由高の耳に、その声は届いてしまった。

「ユミがそう言うなら、きっとそうなんだろう」

――ユミ。

ついにその名を知ってしまった。由高は強く唇を噛んだ。いないとわかっていてもお化けは怖い。けれどその姿が露《あら》わになれば、恐怖は何倍にも膨れ上がる。

「そのへんはユミに任せる……え？　だから違うって。からかうなよ……うん……ホテルの予約は俺が……ああ、早い方がいいな」

リラックスした話し声が、由高の心を抉《えぐ》った。

――知りたくなかった。

自室のドアを閉めると、息苦しさが増した。

心配なら鍵を閉めておけと、あの日篤正は言ったけれど、この一ヶ月の間、由高が部屋に鍵をかけたことは一度もなかった。もちろん篤正は入ってこない。それが答えなのだ。

「ダメだダメだ。こんな気持ちになってちゃ」

辛《つら》くとも苦しくとも、最後まで篤正の力になると決めたのだ。

プロジェクトの成功を、結婚のはなむけにするのだ。

何度も言い聞かせながらベッドに横になったけれど、とても眠れそうにない。もぞもぞと寝返りを繰り返していると、ドアがコン、とノックされた。

「由高、起きているか」

由高は反射的に目を閉じた。

「由高」

静かにドアが開き、篤正が近づいてくる気配がする。

「なんだ。もう眠ったのか。月餅か、お前は」

クスクスと笑う声が近い。吐息が頬にかかり、由高は息を殺して身を硬くした。

「由高……」

低く呼ぶ声。頬に温かな何かが触れる。篤正の手だとわかり、心臓が跳ねた。

ドクドクドク。激しい鼓動と、「今は言わないで」という心の叫びが、篤正に聞こえませんようにと祈る。

「仕方ない。帰ってからにするか」

願いが通じたのか、ほどなくして衣擦《きぬず》れの音がして、篤正が立ち上がる気配がした。

「おやすみ、由高」

ドアが閉まる音がして、由高はようやく身体の力を抜いた。

『由高……』

低く湿った声だった。あんな声で呼ばれたのは初めてだ。

――まるで恋人を呼ぶみたいな。

由高はもう一度強く目を閉じた。そんなわけないとわかっているのに。潰《つぶ》しても潰しても蘇ってくる、ゾンビのような願望。由高はその夜一睡もできなかった。


「お疲れさまです。すみません、ご足労おかけしてしまって」

玄関で出迎えた由高に、洲本は「仕事ですから」と笑顔で首を振った。

桜子にけんもほろろに追い返された三日後、篤正は突然出張に出てしまった。いつもはせいぜい一泊なのに、一週間帰らないという。

『留守中のことは洲本に任せてある。何かあったら洲本を呼べ』

そう言い残して篤正は旅立ってしまった。特に困ったことなど起きないだろうと思っていたのに、この日和希が商品開発部のデスクにノートパソコンを忘れてきてしまい、急《きゅう》遽《きょ》洲本に届けてもらうことになったのだ。

「忙しいのにすみません」

恐縮する和希に、洲本はもう一度「仕事ですから」と微笑んだ。

「これ、差し入れです」

洲本が差し出したのは、『ラ・スリーズ』本社近くに先月オープンしたイタリアンレストランの弁当だった。社内でも美味しいと評判らしく、由高同様まだ一度もありつけていない和希が「やったあ」と歓声を上げた。

「開発部でここの弁当まだ食ってないのって、俺だけなんですよ。洲本さん、気が利く」

「喜んでいただけてよかったです」

「うわあ、めっちゃ美味そう」

「すっごくいい匂いですね。美味しそう」

和希とふたりで弁当を覗き込む。鶏モモ肉のトマト煮に、ブロッコリーとハッシュドポテトが添えられている。香ばしいガーリックの匂いに、お腹がぐうっと派手な音を立てた。

「いつも頑張ってくれているふたりに、私からの奢《おご》りです」

「マジっすか？」

「冷めないうちにどうぞ」

洲本に促され、少し早いランチタイムとなった。

「そういえば洲本さん」

和希が骨付きチキンにフォークを指す。

「はい。なんでしょう」

「瀬村専務たちが、俺たちのプロジェクトに反対しているって本当ですか？」

由高はハッシュドポテトを突きながら「え？」と顔を上げた。瀬村は確か、篤正が苦手にしている専務だ。それにしても社内に反対している人間がいるという話は初耳だ。

「本当なの？　和希」

「俺も一昨日聞いたばっかりなんだ。だから洲本さんに確認しようと思って」

　三日前、篤正が桜子に追い返されたという話が瀬村の耳に入り、彼を筆頭にした反対派の面々に「それみたことか」という空気が漂っているのだという。

「洲本さん、何か聞いてないっすか？」

　コーヒーサーバーに粉をセットする洲本の横顔を、和希とふたりで見つめた。

「私の仕事は社長のスケジュール管理や身の回りのお世話をすることです。プロジェクトに関しては部外者ですので、申し上げることはありません」

「そう言うと思った」

　和希が肩を竦める。その様子に洲本が小さく口元を緩めた。

「どんな素晴らしいプロジェクトでも、反対する人間は一定数います。満場一致で進められる企画の方が珍しいですから」

　その口調はいつもと変わらず淡々としていた。コーヒーサーバーに湯を注ぎ回しながら、洲本が「それに」と続ける。

「このプロジェクトの責任者は三戸部社長ご本人です。それ自体初めてのことですし、社運をかけていると言っても過言ではありません。反対する人間がいようがいまいが、ぜひとも成功させなくてはなりません」

洲本がちらりと視線をよこす。由高は和希と顔を見合わせ、一緒に深く頷いた。

「そうそう。なんでもかんでも文句ばっかり言うやついるけど、相手にしてたらキリがないもんな」

和希はチキンにガブリと豪快にかぶりき、「ヤバ、激ウマ」と目を丸くした。

「ま、俺たちは俺たちのやるべきことをやるだけだ」

「そうだね。ガツンと成功させて、反対してる人たちをギャフンって言わせちゃおう」

鼻息荒くチキンを齧りながら、もう一度頷き合うふたりに、洲本は「その意気込みですよ」と笑った。

「そういえば社長、今週出張なんですよね。どこ行ったんですか？」

和希が何気なく放った質問に、由高は手を止めた。

「同居人の由高も行き先知らないって言うんですよ。まさか洲本さんにも秘密とか？」

「行き先は存じ上げております。が、すみません。私からは申し上げられません」

和希は「あらま」とおどけたように首を竦めた。

「もしかしてプライベートだったりします？」

和希の瞳がいたずらっぽく光る。

「ノーコメントです」

「同行者がいたりして」

「ノーコメントです」

洲本は振り向かないまま、和希の質問攻撃をピシャリと封じた。

――ノーコメントか。

もし単なる出張なら、洲本は「プライベートではありません」と否定するはずだ。そもそも行き先を秘密にすることもない。

『ホテルの予約は俺が……ああ、早い方がいいな』

あれからずっと『ユミ』と呼ぶ篤正の声が、脳裏にこびりついたままだ。この急な不在は出張ではない。そして篤正はひとりではない。予感は確信に変わっていく。

ランチを終えると、和希は午後の作業を開始した。由高は会社に戻る洲本を玄関まで見送った。

「大丈夫ですか？」

「……え」

「少々元気がないように見えますが」

靴を履きながら、洲本がちらりと視線を上げる。

「そんなことないですよ、全然」

強がる声にハリがないことは、由高自身が一番よくわかっていた。

「ならいいのですが。お疲れなら無理しないでくださいね。片瀬くんが風邪《かぜ》などひいていないか逐一報告するように、社長から言い渡されているので」

風邪をひいたら戻ってきてくれるの？　行き先も教えてくれないのに？

そんな思いがこみ上げてきて、口元が自嘲に歪む。

「どうぞご心配なくとお伝えください」

「承知しました」

靴を履き終えた洲本が、ゆっくりと顔を上げた。

「そういえば先日、社の方に多賀さんという方から連絡がありました」

突然飛び出したその名前に、由高は「えっ」と息を呑んだ。

「片瀬くんが元いた会社の方ですよね？」

「ええ。スマホの番号もアドレスも変えたのに、なんでわかったんだろう」

「あちこち尋ねて回る中で、片瀬くんが今うちで仕事をしていることを知ったそうです」

「そうだったんですか……」

「ぜひ会わせてほしいと言われたのですが」

「………」

『もしも誰かに「頼むから戻ってきてくれ」と頭を下げられたら、お前はどうする』

篤正の言葉を思い出した。もしもの話だと言っていたが、もしかするとあの時すでに、多賀から連絡が入っていたのかもしれない。

まさか篤正は自分を手放すつもりなのだろうか。しかし洲本の口から出たのは、思いもしない台詞だった。

「お断りしました」

「……え？」

「社長にお伝えしたのですが、その場で『断れ』とおっしゃいまして」

『多賀という男から電話があったこと、由高の耳には入れるな。然《しか》るべき時期が来たら俺からあいつに直接話す。いいな』

篤正は洲本にそう言い含めたのだという。

「連絡があったことだけはお伝えした方がよろしいのではと申し上げたのですが、聞き入れていただけませんでした。事後報告になってしまい申し訳ありません」

頭を下げる洲本に、由高は「そんな」と首を振る。

「以前の会社に戻るつもりはないと、社長にははっきりとお伝えしてあります」

「ええ。それでも片瀬くんのことが、心配なんだと思います」

「心配って、子供じゃあるまいし」

多賀に誘拐でもされると思っているのだろうか。由高は口元を歪める。

「きみのことを大切に思っているから、心配になるんだと思います」

「大切だなんて……」

篤正の一番大切な人が誰なのか、洲本が知らないはずはないのに。やさぐれそうになる気持ちをぐっとこらえ、由高はにっこりと微笑んだ。

「初めて自分の特技を認めていただいて、社長にも洲本さんにも本当に感謝しています。心配しなくてもこのプロジェクトは絶対に成功させます。だから大船に乗ったつもりでいてください、社長に伝えてください」

薄い胸を拳で叩いてみせると、洲本はなぜか複雑な表情になる。

「片瀬くんが全身全霊で仕事にあたってくれていることは、社長もちゃんとわかっていらっしゃると思いますよ。ただああ見えて、社長はあまり器用な方ではありません。丸く収めなくてはならない場面でうっかり本音を覗かせてしまったり、かと思えばここぞというところで必要以上に臆病《おくびょう》になったり。まあ平たく言えば、子供のような一面をお持ちです」

和希も確か同じようなことを言っていた。社運をかけた大事なプロジェクトと、プライベートの一大イベントを一緒に進めるなんて、できないような気がすると。

けれど今、篤正はユミと一緒にいる。桜子に拒絶され、瀬村たちの反対もあるこの大切な時に、婚約者と旅行に出かけた。無論経営者にも休暇を取る権利はある。戻ってきた暁にはまた、寝食を惜しんで仕事に邁進《まいしん》するのだろう。

ただ、篤正はみんなが思うほど不器用な人間ではないのかもしれないと由高は思う。プロジェクトと結婚を天秤《てんびん》にかけ、上手にバランスを取って進められる人なのだ。そうでなければ大手企業の社長など務まらない。

由高を助けようと伊能にお茶をぶっかけた篤正。意気揚々と、月餅のおもちゃを四つも五つもカートに放り込んだ篤正。確かにいたずら好きの子供のようなところがあるけれど、それは篤正のほんの一面であって彼のすべてではない。寂しいけれどそれが現実なのだ。

「あー、でも洲本さん、いいんですか？」

由高はニヤリと笑ってみせた。

「今の話、内緒だったんですよね」

由高の耳には入れるな。篤正にそう釘《くぎ》を刺されたと洲本は言った。これっぽっちも反省していない様子で、洲本は「あっ」と口元を覆った。

「うっかり口が滑りました。今の話はどうか忘れてください」

真顔で頭を下げる様子が可笑《おか》しくて、由高は噴き出してしまった。

「おーい、由高、ちょっと手伝ってくれ」

キッチンから和希の呼ぶ声がした。

「大丈夫です。おれ、味以外はすぐに忘れるんで」

「それを聞いて安心しました」

由高は笑顔で洲本を見送ると、和希の待つキッチンへ向かった。

――全部忘れるんだ、今は。

余計なことを考えて、心を乱している時間はない。

味の記憶をひたすら辿《たど》る。それだけに集中しようと誓いを新たにした。

長く曲がりくねった坂道を登りきると、目的の建物が見えてきた。

「あった。やっと着いたぞ、月餅」

息を切らして汗を拭う。左手に携えたケージの中で月餅が「あうんっ」と元気に吠えた。

「狭いだろうけど、もうちょっと我慢しろよ」

早く出してくれと鼻息の荒い愛犬を宥めながら、門の前に立つ。

大樹苑《たいじゅえん》。篤正の祖母・桜子が入所している有料老人ホームだ。

洲本が弁当を差し入れてくれた翌日、由高はある決意を胸に桜子のもとを訪ねることを決意した。ケーキの復刻はチェリーパイを残してほぼ目途が立った。しかし桜子が認めてくれない限り、プロジェクトの成功はないのだ。

可愛がっていた孫の篤正が、何度頼んでも首を縦に振ってくれなかったという。大切なレシピを夫とともに荼毘《だび》に付した日から、桜子の気持ちは変わっていないのかもしれない。

――でも、もしかしておれなら……。

篤正に会うことは拒んでも、自分の話なら聞いてくれるかもしれない。由高のことを忘れてしまっていたとしても、サンドラのことはきっと覚えているはずだ。ショーケース越しに楽しそうに語り合うふたりの姿を胸に、由高は大樹苑へと向かった。

年齢が年齢だから、それほど長い時間は話せないかもしれない。頭の中で要件をまとめながら、市内の外れ、小高い山の中腹に建つ施設に辿り着いた。ところが面会の希望を伝えた受付で、職員がすまなそうに告げた。

「申し訳ありません。桜子さんは今後どなたとも面会なさらないそうです」

「……え」

先週、篤正が面会に来てからすっかり塞ぎこんでしまい、「誰とも会いたくない。誰も通さないでほしい」と担当の介護士に申し伝えたのだという。

「具合を悪くされたんでしょうか」

「いいえ。体調が悪いわけではないようです。ただ『誰も部屋に連れてこないで』と強くおっしゃるので」

それ以上食い下がることはできなかった。まさか顔も見ずに回れ右することになるとは思わなかった。由高は肩を落とし、とぼとぼと受付を後にした。

「月餅、見てみろよ。見晴らしがいいぞ」

建物の南側の広々とした芝生の庭でケージを開けると、待ってましたとばかりに月餅が飛び出してきた。高台の利を生かした眺望は見事で、市街地を一望することができた。

『『ラ・スリーズ』の本社はあのへんかなあ……あ！　あれ、篤正さんのマンションだ」

由高は月餅を抱き上げ、何キロも先にあるタワーマンションを指さした。

「あんっ？」

「おれたちが今住んでいる家だよ。ほら、見てごらん」

滅多に見られない景色なのに、月餅は一切興味がないらしく、もぞもぞと由高の腕から逃れて芝生に下りると、持ってきた月餅型ミニクッションで遊び始めた。

「まったくお前は、いつでもどこでもマイペースだな」

由高は苦笑し、近くのベンチに腰を下ろした。

「どうしたらいいのかなあ。お前ならどうする？　月餅」

「ふがっ、ふごっ」

知らんがなと言いたいのだろう。月餅は背中や腹を芝生に擦りつけてはしゃいでいる。

春の足音が聞こえてきたこの日、月餅に初めて薄手の服を着せてみた。居候初日に篤正が買ってきてくれた金太郎の腹掛けだ。

似合うだろうとは思っていたが、あまりの可愛さに出がけに一枚写真を撮ってしまった。篤正に送ろうとしてすぐに思いとどまった。楽しい旅の邪魔をするのは本意ではない。

「桜子さん、誰にも会いたくないんだってさ」

面会ができなかったことよりも、塞ぎこんでいるという職員の言葉が心に引っかかっていた。可愛がっていた孫の篤正を追い返してしまったことで、気が滅入ってしまったのかもしれない。

「……心配だな」

思わずぽつりと呟いた。四年前、サンドラもちょっとした風邪がきっかけで亡くなってしまった。高齢になると、何が体調悪化の引き金になるかわからない。

「早く元気になるといいな――あ、こらっ」

何を思ったのか月餅が、咥《くわ》えていたミニクッションを柵《さく》の下の隙間に押し込み始めた。遊びのつもりらしい。施設の敷地をぐるりと囲っている柵の下には十五センチほどの隙間がある。人や犬が落ちたりすることはないが、ミニクッションは難なく通り抜けてしまう。

「月餅、やめなさい、あっ」

由高の制止も虚《むな》しく、ミニクッションは柵の向こう側に転げ落ちてしまった。柵の下は斜面になっていて、ミニクッションは鬱蒼《うっそう》と茂る木々の中に消えてしまった。

「あうん？」

どこに消えた？　と隙間を覗き込む月餅に、由高は脱力する。

「あうん？　じゃないだろもう……」

篤正に買ってもらったそれを、月餅はいたく気に入っていた。ボロボロになったら繕ってやるつもりだったが、まさか落としてしまうとは。四つも五つもカートに放り込む篤正をあの時は窘《たしな》めたけれど、こんなことになるならもうひとつ余計に買っておけばよかった。

どうやら戻ってこないらしいと悟ったのか、月餅はしゅんとおとなしくなってしまった。

「そんな顔するな。帰りにこの間のペットショップに行ってみよう。まだ残っているかもしれないからさ」

「あう～ん……」

甘えるように見上げる月餅の頭をわしわしと撫でていると、建物の方から車椅子が近づいてくるのが見えた。座っているのは肩に赤いタータンチェックのショールを羽織った高齢の女性だった。品の良さそうな横顔に、由高はハッとした。

ゆっくりと彼女がこちらを振り返る。

――やっぱりそうだ。

十五年以上経っていても、由高は彼女の顔を忘れていなかった。近所のケーキ屋の優しいお婆《ばあ》ちゃんの顔を。

由高はベンチから立ち上がる。小さく一礼して近づいていくと、車椅子の桜子が「どなたかしら？」というように小首を傾げた。

「こんにちは」

「こんにちは。可愛いワンちゃんね」

「ありがとうございます」

「金太郎の腹掛け、とても懐かしいわ」

そう言って桜子は月餅に向かって手を伸ばした。

「昔ね、孫に同じ物を買ってやったことがあるの。初孫で、嬉しくてね。それなのに息子夫婦ときたら『こんな格好悪いものいらない』って」

「そうだったんですか」

初孫というのは間違いない、篤正のことだ。目の前の犬が着ている腹掛けを買ったのが、他でもないその篤正だと知ったらさぞ驚くことだろう。

「でも悔しいから孫を預かっている時、こっそり着せてみたりしたの。懐かしいわ」

ふふっといたずらっ子のように笑う。こうしてみると目元が篤正によく似ている。

「名前は？」

「月餅っていいます」

「月餅ちゃん？　個性的なお名前ね。でもとても素敵。可愛いわ」

桜子は「おほほ」と楽しそうに笑った。その個性的な名前をつけたのも、篤正だ。

「あの、人違いだったらすみません。三戸部桜子さんですよね？」

思い切って切り出すと、桜子が大きく目を見開いた。

「覚えていらっしゃらないかもしれませんが、おれ、子供の頃『ラ・スリーズ』の近くに住んでいたんです」

「『ラ・スリーズ』って、昔の？」

「はい。申し遅れました、おれ、片瀬由高と申します」

「片瀬……」

記憶を手繰るように、桜子が由高の顔をじっと見つめる。

「いつも祖母に連れられてケーキを買いに行っていました。祖母はスウェーデン人で――」

「……サンドラ」

桜子がぽつりと呟いた。

「そうです。祖母の名前はサンドラです」

「あなた、まさかサンドラに手を引かれていた、あの小さな男の子？」

「はい。当時はまだ保育園児でした」

「まあ、なんてことでしょう」

桜の花びらが開いていくように、桜子が破顔する。

「覚えていてくださってありがとうございます」

「サンドラのことを忘れるわけがないわ。まあまあ、本当になんていうことでしょう。あの坊やがこんなに大きくなって。そうそう、ちょっとグリーンがかったその瞳の色。とてもきれいだと思っていたの。懐かしいわ」

「ご無沙汰《ぶさた》しておりました」

ふたりは十五年ぶりの再会を喜び合った。サンドラが亡くなったことを知ると、桜子はとても残念がり涙を零した。

「祖母は桜子さんにとても感謝していました」

「感謝だなんて大袈裟《おおげさ》よ」

「いえ、本当に感謝していたんです。『ラ・スリーズ』にケーキを買いに行く日はおれたちにとって特別な日で、ふたりで朝からウキウキしていました。あ、セムラを作ってくださったこと、覚えていらっしゃいますか？」

「もちろんよ。セムラを食べれば？」

桜子の視線に、由高が応える。

「春はすぐそこ」

ふたりは顔を見合わせてにっこりと笑った。

『セムラを食べれば春はすぐそこ』

それはサンドラの口癖だった。北欧の冬は暗く寒く長い。春の訪れを告げる伝統菓子であるセムラを、人々は心待ちにしているのだとサンドラが教えてくれた。永遠に続く冬は

ない。いつかきっと春が来る。サンドラは自分にそう言い聞かせていたのではないかと由高は思っている。

「セムラに使った敷き紙の模様、覚えている？」

「敷き紙ですか？　いいえ、そこまでは」

セムラの味ははっきりと覚えているし、和希と一緒なら再現できる自信もあるが、ケーキの下に敷かれた紙の模様はまったく記憶になかった。

「あれはね、サンドラのハンカチの柄なの」

「祖母のですか？」

『ラ・スリーズ』ではすべてのショートケーキの敷き紙に無地の白を使用していた。しかしセムラだけには、鳥をモチーフにした北欧柄のものを用いた。サンドラがよく手にしていたハンカチの柄を使ったのだという。

「『あなたのハンカチとても素敵ね。ちょっと見せてくださる？』って言った時のサンドラの嬉しそうな顔、今も忘れないわ」

桜子は懐かしそうに目を細めた。

「そんなことがあったんですね」

しばらくの間思い出話に花を咲かせていたが、由高が「実は」と篤正の名前を出した途端、桜子の表情が一変した。

「それじゃあなた、今、篤正の下で働いているの？」

「はい。アルバイトですけれど、元祖『ラ・スリーズ』の復刻プロジェクトの一員として働かせていただいています」

元祖『ラ・スリーズ』。その言葉に桜子は笑顔を消し、押し黙ってしまった。

「ここへは、篤正に頼まれて来たの？」

「違います。おれがここへ来ていることを、篤正さんは知りません」

由高は自分の特殊な能力のことや、篤正との出会いについて、包み隠さず桜子に話した。

「篤正さんは、このプロジェクトに社運をかけています。それこそ寝る間を惜しんで……そのうち倒れるんじゃないかって心配になるほどです」

「会社のため、社員のため、身を粉にして働くのは当然のことでしょう」

「かもしれません。でもそれだけじゃないと思うんです」

どういうこと？　と桜子が目を眇める。

「上手く言えないんですけど……篤正さん自身が、あの頃の『ラ・スリーズ』のケーキを誰より愛していると思うんです」

金で子守をされた。篤正はそう自嘲した。お金はないよりあった方がいいに決まっているけれど、幼心に巣食う寂しさを癒すことはできない。

「寒い冬に学校から帰って、チェリーパイがテーブルにあると心がほっこりしたって、篤正さんが言っていました」

　桜子がおもむろに顔を上げる。

「あの子はチェリーパイが大好きだったの。だからよく届けてあげたわ」

「そうだったんですね。残念ながらおれ、『ラ・スリーズ』のケーキの中でチェリーパイだけ食べたことがないんです」

「そうだったの？　それじゃあ今度私が作って――」

　言いかけて、桜子は言葉を呑んだ。当時のレシピはもうこの世にはない。その事実を思い出したのだろう。

「三戸部さん、そろそろお部屋に戻りましょうか」

　職員が桜子に声をかける。そういえば少し風が出てきた。

「すみません。お引き止めしてしまって」

「いいえ。訪ねてくれてありがとう」

　由高は小さく首を振った。「それじゃあね」と去っていく桜子の背中に、由高は「あの！」と声をかけた。職員が足を止める、

「月餅のこの腹掛け、篤正さんが買ってくれたんです。篤正さん、懐かしいって言っていました。桜子さんに買ってもらった金太郎の腹掛けのこと、今でもちゃんと覚えているんです」

篤正は誰より『ラ・スリーズ』を愛している。忠正と桜子が心を込めて作ってきた数々のケーキ。その味を、誰より大切に思っている。それだけはわかってほしかった。

立ち尽くす由高を、桜子がゆっくりと振り返った。

「由高さん」

「……はい」

「あなたがその、絶対味覚とやらで復刻した『ラ・スリーズ』のケーキを、私に食べさせてくださらない？」

由高は「いいんですか？」と目を見開く。桜子は静かに頷いた。

「三日後、ここでお待ちしています」

肩越しにそう言い残し、桜子は去っていった。車椅子の後ろ姿が見えなくなると、由高は月餅を見下ろした。お気に入りのミニクッションを柵の向こうに落としてしまった月餅は、ちょっと退屈そうだった。

「よかった……ひとまず拒絶はされなかった」

月餅を抱き上げ、シワシワの額に頬を摺り寄せると、ひと時の安堵が胸に広がる。和希とふたりで復刻したケーキの味に桜子が納得してくれれば、道は開けるかもしれない。

「う、なんか急に緊張してきた」

折しも篤正は三日後の夜に帰宅する予定だ。由高はぶるんと大きく身震いした。

和希に詳細の連絡を入れ、高台の施設を後にした。息を切らして上った坂道を、ケージを携えとぼとぼと下る。事態は進展したというのに、由高の心はずっしりと重かった。

桜子はこのプロジェクトに由高が関《かか》わっていたことを知らなかった。篤正が話さなかったからだ。

『実は、あの頃の「ラ・スリーズ」のケーキの味を、正確に記憶している子に出会ったんだ。スウェーデン人のお祖母さんとよく店に行っていたそうだよ。片瀬由高って子、桜子さん覚えているでしょ？』

もしかしたら篤正は、桜子にそんな話をしていたんじゃないだろうか。ここへ向かう途中、心のどこかでそんなことを考えていた。絶対味覚を持つ人間がプロジェクトに参加している。しかも彼は幼い頃、『ラ・スリーズ』の近くに住んでいてよくケーキを買いに来ていた。篤正がそう話せば、桜子の反応は違ったのではないだろうか。

自分は桜子を納得させるためのキーマンのはずだ。今、世界で一番篤正の力になれる存在のはずだ。どこかでそんなふうに思っていた。

「……思い上がりだったみたいだね」

由高が思うほど、篤正は由高に期待をしていないのかもしれない。

「差し出がましいことしちゃったのかな」

この仕事を引き受けた時の篤正の嬉しそうな顔を、あれから何度思い出したかわからない。篤正には婚約者がいて、間もなく結婚する。この恋が報われる日は永遠に訪れない。

そうわかっていても頑張れるのは、どうしてもあの笑顔をもう一度見たいからだ。

――でも……。

由高の心を鷲掴《わしづか》みにしたあの笑顔も、所詮《しょせん》はビジネススマイルだったのかもしれない。

篤正の期待を一身に受けているのだと、由高が勝手に思い込んで、張り切っていただけだったのかもしれない。

坂を下る足が、ふと止まる。

「あうん……？」

何かを察したのか、ケージの中で月餅が心配そうに鳴いた。

「大丈夫だよ。ちゃんと最後まで頑張るから」

明るく答えてまた歩き出す。突きつけられた現実に気持ちは沈んでいくけれど、途中で放り出すことだけはしたくない。

「お腹空いただろ、月餅。帰ったらすぐにご飯にしような」

「ふんがっ！」

いつもと変わらない元気な鼻息が、由高の心を少しだけ明るくした。

三日後の午後、由高は約束通り桜子のもとを訪ねた。和希にも同行してもらいたかったのだが、地域に出されているインフルエンザ注意報の影響で複数人での訪問が認められず、ふたたびひとりでの訪問となった。

早朝から和希が焼いてくれたのは、イチゴのショートケーキとアップルパイ、それにガトーショコラの三種類だ。桜子の反応を想像すると、緊張で足が震えた。

月餅を抱いた和希が、マンションのエントランスまで見送ってくれた。

『社運がかかってるんだからな。しっかりな！　頼んだぞ！』

月餅並みに鼻息の荒い和希に由高の緊張は余計に高まり、危うく段差に躓《つまず》くところだった。

「いらっしゃい。お待ちしていましたよ」

桜子が迎えてくれたのは、先日話をした庭ではなく施設のキッチンだった。あたりにはほんのり甘い香りが漂っている。

「由高さんにばかり注文してはなんだから、私も焼いてみたの」

「桜子さんがですか？」

「ええ。昔を思い出して楽しかったわ。召し上がってくださる？」

「もちろんです」

「嬉しいわ。でも由高さんが持ってきてくださったケーキをいただくのが先ね」

桜子はケーキ皿とフォーク、それに紅茶まで用意してくれていた。

「どうぞ」

持参した三種類のケーキを、桜子の前に並べる。最初に試食してもらうのは、イチゴのショートケーキだ。

「いただきます」

上品な手つきでフォークを動かす桜子を、由高は固唾《かたず》を呑んで見守った。

ひと口食べた桜子が、ハッと視線を上げた。

「粗糖は、どこで？」

「二軒隣にあった自然食品のお店です」

「あそこから仕入れていたことをご存じだったの？」

由高は「いいえ」と首を振った。

「最初はきび糖を試したんですけど、何かがちょっと違うなって思って……いろいろ考えているうちに、そういえば近くに自然食品のお店があったなって、思い出したんです」

桜子は「そう」と感慨深げに頷いた。

「次はアップルパイをいただくわ」

ゆっくりと口に運んだ彼女は、さっきより大きく目を見開いた。

「そうそう。このリンゴの酸味とシャキシャキ感がうちの売りだったの」

「シロップ漬けを使うと、どうしても酸味も食感も弱くなりますからね」

「それとバターの風味ね。忠正さんったら採算度外視でバターをじゃんじゃん使うものだから、よく喧嘩になったわ」

桜子は懐かしそうに目を細めた。

「さてさて最後はガトーショコラね」

きゅっと口元を引き締め、桜子がガトーショコラにフォークを入れる。口に含むなり、桜子は目を閉じて何度も何度も頷いた。

「由高さん、今の『ラ・スリーズ』のガトーショコラを召し上がったことは？」

「ええ。あります」

「あなたの感想が聞きたいわ。お世辞なんかじゃない、忌憚《きたん》のない意見が」

篤正と同じ真っ直ぐな眼差《まなざ》しで、篤正と同じことを言う。立場の違いはあるけれど、結局ふたりとも『ラ・スリーズ』を愛しているのだ。

「今の『ラ・スリーズ』のガトーショコラは、以前に比べて苦みが弱くなったと思います。ベースになっている三種類のチョコレートはおそらく以前と同じだと思うのですが、配合が変わっています。ミルクチョコレートの分量を増やしたことで、ビターの苦みが隠れてしまったというか」

微動だにせず由高の見解を聞き入っていた桜子が、ゆっくりと頷いた。

「バランス」

「……え」

「忠正さんがいつも言っていたわ。『ガトーショコラの味を決めるのは、三種類のチョコレートのバランス』だって。素朴を装った本格派。それを目指しているんだって」

甘みを前面に出せば、ある意味大衆受けする味になることは忠正もわかっていた。けれど忠正はあえてそれをせず、カカオの苦みと香りが一番よく出るバランスで三種類のチョコレートを配合していたのだという。

「とっても頑固な人だったわ。困っちゃうくらい」

ふふっと肩を竦める桜子は、乙女のようだった。

「頑固を貫いて作ったガトーショコラを、梅酒に漬けて食べるお客さんもいたけれど」

「ご存じだったんですか」

驚く由高に、桜子は「もちろん」と笑った。

「すみません。こだわりのケーキなのに邪道な食べ方をして」

「いいのよ。どんな食べ方をしようとその人の自由なんだから。美味しく食べてもらえれば職人としては本望だったはずよ。それに梅酒漬け、あれはあれで美味しかったわ」

私も時々やっていたの。桜子は笑いながら小さく囁いた。

「『ラ・スリーズ』のケーキは、おれのソウルフードです」

「ありがとう。それにしても由高さん、本当にあの当時の味の記憶がおありなの？」

「はい。他にはなんの取り柄もないんですけど」

「天国の忠正さんから、レシピを聞き出してきたんじゃないの？」

「まさか」と由高は苦笑する。

「そうね……そんなことができるのなら、あの子がとっくにしていたわね」

あの子とは亡くなった英正のことだろうか。それとも篤正のことなのか。訊けないまま立ち尽くす由高の前で、桜子が「さて」と手を叩いた。

「選手交代よ。私の焼いたチェリーパイを食べてくださる？」

なんと桜子が焼いてくれたのは、『ラ・スリーズ』のケーキの中で由高が唯一食べたことのなかったチェリーパイだった。

「うわあ、美味しそう」

差し出されたチェリーパイに、思わず表情が綻んだ。

「どうぞ召し上がれ」

「いただきますっ」

うきうきと声が弾む。仕事だということを一瞬忘れそうになる。

いつだってそうだ。『ラ・スリーズ』のケーキを前にすると、子供の頃に戻ったような気分になるのだ。ホームレス寸前の状態で腹を空かせていた夜でさえ、『ラ・スリーズ』のケーキがひと時の幸せをくれた。

フォークで切り目を入れ、そっと口に運ぶ。口いっぱいに広がる甘酸っぱさに、由高はたちまち夢中になった。感想も忘れてパクパク食べ進める由高の顔を、桜子が覗き込む。

「どうかしら？」

「美味しいです！　ほんと、ものすっごく美味しいです！　最高です！」

相変わらずの語彙《ごい》のなさに我ながらがっかりしたが、桜子は「それはよかった」と胸に手を当てて喜んでくれた。

「さすがに腕が落ちたんじゃないかって心配したんだけど」

「とても美味しいです。でもこれ、おひとりで焼かれたんですか？」

パイづくりはなかなか力のいる作業だ。九十歳の桜子には重労働なのではないかと思ったのだが。

「田中《たなか》くんに助手をしてもらったのよ」

桜子は背後の職員を振り返った。田中と呼ばれた若い男性職員は「楽しかったです」と笑った。ほんの少しパイの形が崩れていた理由がわかり、なんだか心がほっこりした。

「おれも何度か試作をして、篤正さんにも食べてもらったんですけど、なかなか納得してもらえませんでした」

悪くはない。でももっと素朴な味だった気がする。篤正はそう言った。

「サツマイモが入っていたんですね」

焼き上げたパイの上にカスタードクリームを敷き、その上にこっくりと煮詰めたチェリーを載せる。それほど変わったところのないチェリーパイのはずなのに、何度作っても篤正を頷かせることができなかった。それもそのはずだ。桜子の作ったパイは、カスタードクリームの下にサツマイモのペーストが載っていたのだ。

「ご名答。素晴らしいわ」

桜子はパチパチと拍手をした。

「スイートポテトのペーストをほんの少しだけ、隠し味に塗ってあるの」

スイートポテトのほっくりとした甘さが、チェリーの酸味を優しく引き立てている。絶妙のハーモニーに由高は静かな感動を覚えていた。

『寒い冬に学校から帰ってそれがテーブルにあると、心がほっこりするような……そうだな、たとえば焼き芋的な？』

篤正の記憶は、決して的外れではなかったのだ。

「お見事よ、由高さん。あなたの才能はどうやら本物のようね」

すべての材料と配合をほぼ正確に言い当てた由高に、桜子はもう驚かなかった。

「ここへ来ていることは、篤正には内緒なんでしょ？」

「はい。バレたら怒られるかもしれません」

勝手な行動を咎《とが》められ、下手をしたらプロジェクトから外されてしまうかもしれない。

「それなのになぜ、あなたはここまでするの？　『ラ・スリーズ』の社員でもないのに」

その問いに、即答することはできなかった。どん底の自分を救ってくれた篤正を助けたい気持ちもある。責任感もある。そして思いがけず芽生えてしまった彼への恋心も。

けれど一番は、やはり『ラ・スリーズ』のケーキへの愛だ。

「小さいの頃『ラ・スリーズ』のケーキは、おれにとって春みたいなものでした」

「……春？」

「心の中に吹く、穏やかで温かい春風です」

セムラを食べれば春はすぐそこ。サンドラの声が鮮やかに蘇る。

決して裕福とはいえない暮らしだった。旅行に出かけたこともなかった。花見にも遊園地にも連れていってもらえなかった。延々と〝ケ〟ばかりが続く日々の中で、『ラ・スリーズ』のケーキはふたりにとって小さな小さな〝ハレ〟だった。

「幸せの風景には、いつも『ラ・スリーズ』のケーキがありました。だから、おれは」

サンドラの優しい笑顔が浮かんできて、思わず声が詰まる。奥歯を噛みしめて涙をこらえる由高の前で、桜子は穏やかな笑みを湛《たた》えた。

「さて、そろそろお開きにしましょうか。少し疲れたわ」

「ああ、すみません。長々とお邪魔してしまって」

恐縮する由高に、桜子は静かに首を振る。

「今日はありがとう。本当に楽しかったわ」

「こちらこそ」

「そうそう、これをお持ちになって」

桜子は背後の田中から、茶封筒を受け取ると由高の前に差し出した。

「お土産《みやげ》よ。ケーキのお礼」

――お土産？

B5サイズほどのそれを、由高はきょとんと見下ろす。

「中、ここで見てもいいですか？」

「もちろんよ」

戸惑いながら封筒の中身を取り出した由高は、ひゅっと息を呑んで固まった。

「こ、これ、まさか」

封筒より少し小さめの便箋《びんせん》が、二十枚以上入っている。桜の花びらをあしらった便箋一枚一枚に万年筆で丁寧に綴《つづ》られていたのは、ケーキのレシピだった。

「あの頃のレシピよ」

由高は大きく目を見開く。

「先代のレシピは、その……もうないと聞いたんですけど」

「そうね。葬儀の日、棺《ひつぎ》に入れたから」

だったらなぜここに存在しているのか。訝る由高に、桜子はにこりと笑った。

「でもね、同じ物がここにあるの」

彼女はそう言って、自身の頭を指さした。由高はますます目を大きくする。

「レシピを全部覚えているんですか？」

「毎日毎日、忠正さんが腕によりをかけて作っていたケーキだもの。ひとつだって忘れることはできないわ」

桜子は自分の記憶の中のレシピを、すべて便箋に書き出してくれたのだ。

イチゴのショートケーキ、ガトーショコラ、シフォンケーキ、シュークリーム、モンブラン、チーズケーキ、ミルフィーユ、ミルクレープ、アップルパイ、チェリーパイ――。

美しく整った文字が、時々震えるように揺れている。九十歳の桜子が二日がかりで綴ってくれたのだと思うと、便箋を捲《めく》る指が震えた。

「由高さんには、レシピなんて不要かもしれないけれど」

「そんなことないです」

他のことはともかく、味覚には絶対の自信を持っている。自分の能力をもってすれば当時の『ラ・スリーズ』の味を九十九パーセント復刻することは可能だと思っている。そうでなければこの仕事を引き受けたりしなかった。

桜子のレシピは、残りの一パーセントを埋めてくれる。

たったの一パーセント。しかしそれはこのプロジェクトを完全なものにする、大切な大切な一パーセントなのだ。

「忠正さんのレシピはそれで全部よ。あなたに差し上げます」

貸すのではなく、くれるのだと桜子は言う。つまりそれは『ラ・スリーズ』の今後を篤正に託すという意思表示に他ならない。勝手にしたことだけれど、どうやら篤正の熱意を桜子に伝えることができたらしい。そう思うと胸の奥が熱く震えた。

篤正が知ったらどんなに驚くだろう。そしてどんなに喜ぶだろう。

目の前の文字が滲んで見えなくなる。

「本当に、なんとお礼を言えばいいのか」

由高はぐすっと洟《はな》を啜《すす》り「ありがとうございます」と頭を下げた。

「由高さん」

「……はい」

「これからもあの子の……篤正の支えになってやってちょうだいね」

「支えだなんてそんな」

「あなたとの出会いがあったからこそ、篤正はこの企画を本格的に立ち上げたんでしょう。

仮にも社長なんだから、勝算のない勝負はしないと思うわ。そうでしょ？」

「……ええ」

「由高さんの特殊な能力を見込んだのは確かなんだろうけど、きっとそれだけじゃないんだろうと思う。あの子はきっと、精神的な支えになってくれる人が欲しかったんだと思うの。あなたと話してみて、それがよくわかったわ」

ありがたい言葉だったが、篤正の心の支えになっているのは由高ではない。胸の奥にツキンと痛みを覚え、由高はそっと俯いた。

「お隣の犬に追い回されてわーわー泣いていたあの子が社長だなんて、未《いま》だに信じられないの。ほら、あの子ちょっと不器用なところがあるでしょ？　厳《いか》めしい顔していると思ったら、急に子供みたいなこと言い出したり」

由高は「ええ」と微笑む。

「寂しい時に素直に寂しいと言えない。辛い時ほど大丈夫なふりをする。小っちゃい頃からとっても意地っ張りで……」

だから、と桜子は由高の手を取る。

「お願いよ？　由高さん」

深い皺の刻まれた十本の指は、折れそうなほど細く頼りないくらい肉が薄い。けれど由高の手を包むその手のひらは、篤正のそれと同じくらい温かだった。

「できる限りのことをさせていただきます」

「いい知らせを待っているわと、篤正に伝えてちょうだい」

「はい。必ず」

由高が頷くと、桜子は安心したように小さく何度も頷いた。

「さてと、お部屋に戻ります。由高さん、また遊びにきてちょうだいね。今度は月餅ちゃんと一緒に」

「もちろんです」

小さく手を振り廊下を遠ざかっていく桜子の背中に、由高はもう一度深々と頭を下げた。


玄関を出るなり由高はぶるっと身震いし、背中を丸めた。

「寒っ……」

マンションを出る時は空も風も春めいていたのに、ほんの数時間のうちに真冬に逆戻りしてしまったようだ。上着を羽織らずに出てきたことを後悔した。

「月餅のやつ、いい子にしてたかな」

留守を頼んだ和希に連絡を入れようとスマホを手に取ると、何件もの着信とメッセージが入っていた。ずらりと並んだ着信履歴は、すべて篤正からだった。

〈今空港に着いた。手が空いたら連絡をくれ。〉

最初のメッセージは三時間前だった。

〈今日は休みだったのか？　まさか具合でも悪いのか？〉

二件目はその十五分後。

〈洲本に確認した。桃川くんに月餅を預けてどこへ出かけているんだ？〉

さらに三十分後には三件目のメッセージが入っていた。合間には着信もあった。

勝手に桜子を訪ねたことを知ったら、篤正は呆れるかもしれない。怒られるかもしれないけれど、幻のレシピを託されたことを伝えれば、きっと喜んでくれるに違いない。

すぐに返信をしようとした由高だが、四件目のメッセージに指が止まった。

〈帰宅は夜になるが、どうしても今夜話したいことがあるんだ。とても大事な話だ。必ず部屋にいてくれ。〉

由高はスマホを胸に押し当て、暗くなってきた空を見上げた。

「大事な話……か」

早く話したくて仕方がない様子が伝わってきて、由高の心は沈んだ。

最大の懸案だった桜子の了承も得られた。ケーキの復刻作業は終了したも同然だ。ここからは篤正たち社員の仕事だ。由高が『ラ・スリーズ』にいる意味はもうない。

――いよいよ「さよなら」か。

はあっと零したため息が白い。帰宅した篤正はきっと「実は結婚することになった」と嬉しそうに打ち明けるのだろう。横にはユミの姿もあるのだろうか。目と目で微笑み合うふたりを想像すると、胸が掻きむしられる思いがした。

日が傾き、すっかり暗くなった庭には外灯がともり、緑の芝生が美しく照らし出されていた。三日前桜子と語り合ったベンチに腰を下ろし、和希に電話を入れた。和希は案の定大喜びをし、涙声で「早く帰ってこいよ」と言った。合間に月餅の無邪気な鳴き声が聞こえてきて、荒《すさ》みそうな心が少しだけ癒された。

「ちゃんとお留守番できたんだな。偉いぞ、月餅」

この頃月餅は「待て」ができるようになった。空腹が一定ラインを超えるとぶっちぎって突進してくることもあるが、それでも拾ってきた頃よりずっと扱いやすくなった。「一メートル以内に月餅を近づけるな」と言っていた篤正も、足元に擢り寄られたことをきっかけに月餅との距離を取らなくなった。膝に乗せることはまだできないが、時々顔を突いたり、頭を撫でてくれたりするようになった。月餅の方も篤正に懐き始めている。考えられないほどの進歩だ。

篤正の家を出る時が、刻一刻と近づいている。週ごとにもらっているアルバイト代は手をつけずに貯めてあるので、当座の生活費には困らないが、無職の身ではアパートの契約もままならない。そもそもペット可のアパートに入居できなければ、月餅と一緒に暮らすことはできない。

——このまま篤正さんのところで暮らした方が、月餅は幸せなんじゃないかな。

ふと過った思いをすぐさま否定する。そんなことをしたら、自分たちの都合で月餅を捨てた前の飼い主と同じになってしまう。夜の公園で弱っていた月餅の姿を思い出し、由高はふるんと頭を振った。たとえいばらの道が待っているとわかっていても、月餅だけは手放したくない。

「よし。帰るぞ」

篤正の顔を見るのは辛い。幸せな報告を想像すると足が竦む。

それでも会いたい。会いたくてたまらない。

揺れる心を持て余し、ベンチから立ち上がった。

と、柵の向こうの木の枝に、何か白っぽいものが引っかかっているのが見えた。そこはまさに三日前、月餅がミニクッションを落としてしまった場所だった。

「あれって、もしかして……」

急いで近づいた由高は思わず「やっぱり！」と声を上げた。外灯に照らし出された白いミニクッションが、暗い茂みの中に浮かび上がって見えた。

「どうにか取れないかな……」

柵の下の隙間から手を伸ばしてみたが、ギリギリのところで届かない。足なら届きそうな気もするが、しっかり摑まないと引っかかっている枝から落ちてしまう。急なのり面に転げ落ちたら、二度と手に戻ることはないだろう。

三日前の帰り道、ペットショップに寄ってみたが、人気商品らしく品切れになっていた。入荷時期も不明だという。篤正に買ってもらった月餅のお気に入りだ。そこにあるとわかっていて、見なかったことにはできない。由高はぐるりとあたりを見回した。

「……霙《みぞれ》？」

いつしか空が泣き出し、緑の芝生を白く覆っていた。急がなくてはならない。

入居者の安全に配慮して、敷地は隙間なく高い柵で囲まれているが、柵の向こう側には人ひとりがギリギリ横歩きできるくらいのスペースがある。片手で柵を握りながら反対の手を伸ばせば、ミニクッションに届きそうな気がする。

「どうにかして柵の外に出られないかな」

出られそうな場所を探して歩いていると、建物の裏側に大きな楡《にれ》の木が枝を広げているのを見つけた。樹齢何年だろう、どっしりとした幹から伸びた一本の枝を避けるように、その部分だけ柵が低く作られていた。

年老いた入居者には到底越えることのできない高さだが、健康で身軽な自分なら無理ではないかもしれない。由高は「よしっ」と腕まくりをすると、枝に足をかけするすると登り始めた。

余分な肉のついていない身体で難なく柵の向こう側に降り立った由高は、片手で柵を握りながらミニクッションのある場所まで横歩きでゆっくりと進んでいった。

「おっし。月餅、お前のお気に入り、見つけたぞ」

由高は慎重にしゃがみ込むと、ミニクッションに手を伸ばした。嬉しそうに「あんっ！」と鳴く声が聞こえてくるようで、思わず口元を緩ませた。

あと五センチ。あと一センチ。指先がミニクッションに近づいていく。

「よしっ、取れた」

ミニクッションをその手に摑んだ瞬間だった。柵を持つ手がつるりと滑った。

「うわっ！」

――落ちる。

考える前に、肩にかけたバッグを胸に抱いていた。バッグを守るように背中を丸めた由高は、二メートルほどの高さから地面に叩きつけられた。ぐるぐると視界が回る。のり面をあちこちにぶつかりながら転げ落ち、木の根元にぶつかってようやく止まった。

「痛っ……てて」

強《したた》かに打ちつけた腰や背中を擦りながら、柵が霙で濡れていたらしいと気づく。怪我をしていないかどうか確かめようとしたが、暗くてほとんど何も見えない。どうやら施設の外灯が届かない場所まで転がり落ちてしまったらしい。

「……レシピ」

バッグだけは離すまいと必死に抱いていたおかげで、幸いにも中身のレシピは無事だった。由高は暗がりの中で胸を撫で下ろし、上着の前身頃でバッグを包むように抱きかかえた。命がけで回収したミニクッションはズボンの右ポケットにねじ込んだ。

のり面は思っていたより急勾配《きゅうこうばい》で、おまけに降り出した霙で湿っている。木の根元にしがみついていないと、ずるずるとどこまでも滑り落ちてしまいそうだった。

「早く帰らないと……うっ」

立ち上がろうとした由高は、右足首に強い痛みを覚えて蹲《うずくま》った。どうやら落ちた拍子に捻《ひね》ってしまったらしい。

——マズイな。

数分の間に日は完全に落ち、霙はさらに強くなってきた。怪我をした状態で庭まで上りきることは難しそうだ。

「そうだ……和希に」

SOSを送るなら和希しかいない。ズボンの尻ポケットに手を入れた瞬間、由高は思わず「あっ」と大きな声を出した。そこに入れたはずのスマホがない。転げ落ちる途中にポケットから飛び出してしまったのだろう。

——どうしよう……。

「すみませーん！　誰かいますかー！　すみませーん！」

叫んでも反応はない。日の暮れた、しかも冷たい霙の降る庭を歩く者はいない。どんなに大声で呼んでも、返事が返ってくる気配はない。

由高は木の根元に身体を預け、目を瞑《つぶ》った。

絶望的に静かだった。聞こえてくるのは木々の枝に霙の降り積もる音だけだ。この気温では昼間に這《は》い出てきた虫たちも、季節を間違えたかと土に戻っていったに違いない。

動転していた気持ちが落ち着くにつれ、足の痛みがひどくなってきた。少し動かすだけでズキンと激痛が走る。骨折していなければいいのだけれど。

「でもまあ、このまま死んだら、折れてても折れてなくても関係ないか」

ははっと軽く笑ってみたら、不意に鼻の奥がツンとした。

罰が当たったのかもしれない。そんな思いが胸を刺す。仕事を与えてもらっただけでなく、自宅に居候までさせてもらった。それだけでも破格の待遇なのに、時々まるで恋人に寄せるような優しさで包んでくれた。夢のような暮らしの中で、由高は次第に欲張りになっていく自分を感じていた。

篤正を好きになってしまった。今この瞬間も婚約者と一緒にいるかもしれないというのに、まだ諦められない。別れはすぐそこまで来ているとわかっているのに、最後にもう一度だけ、あの大きな手のひらで「由高、よくやったな」と頭を撫でてほしいなんて思っているのだから、強欲すぎて笑えてくる。

もしもあの夜、公園で篤正に出会わなければ、由高は間違いなくホームレスになってい
た。そしてどこかの河原か公園でこの霙に打たれていたはずだ。
それが本来の自分の姿。欲張りすぎて魔法が解け、夢から覚めただけなのだ。
冷え切った頬に伝う涙が熱い。まだ辛うじて生きているらしい。手足の感覚が次第にな
くなっていく中で、由高は不思議な幸福感に包まれていた。
口こそ悪いが心根の温かい篤正と、ちょっとおバカだけれどブサ可愛い月餅。三人の暮
らしはふわふわと夢のように幸せだった。
このひと月半で、一生分の幸せをもらった。もう一度あの部屋で暮らせたらどんなにい
いだろうと思うけれど、二十二年の人生は、どうやらこの暗闇《くらやみ》の中で静かに終わりを迎え
そうだ。
頭に肩に降り積もる霙を、振り払う気力さえなくなっていく。
「篤正さんに……もう一回だけ……会いたかったな」
呟く傍から眠気が襲ってくる。眠ってしまったらどうなるのか、わかっているのに抗《あらが》う
ことは難しい。沼の底に引きずり込まれるように、意識が遠のいていく。
「あんっ！」
どこからか月餅の声が聞こえる。幻聴だ。
「月餅……ありがとうな」

あざといくらいの可愛さで、毎日心に癒しをくれた。

――最後まで飼ってやれなくてごめんな。

しわくちゃの顔とつやつやの瞳が目蓋の裏に浮かぶ。薄れていく意識の中で涙が零れた。

「由高！」

今度は篤正の声が聞こえた。最期に声くらい聞かせてやろうという、神さまの計らいなのだろう。

「由高！　そこにいるのか！　由高！」

叫び声が近づいてくる。うっすら目を開けると、遠くでちらつく明かりが見えた。

――いよいよ天国の入り口だ。

「由高！　どこにいるんだ！」

「ここに……」

凍《い》てついた唇は、もう動かない。

「由高！」

篤正の声を聞きながら、由高は静かに意識を手放した。

「ですから私は『片瀬くんには、行き先や目的などをきちんとお話になった方がよろしいのでは』と再三申し上げたのです」

「だって」

「だってもあさってもありません。捻挫《ねんざ》で済んだからよかったようなものの、取り返しのつかないことになったら、どうなさるおつもりだったんですか」

頭上を飛び交う小声の会話で目が覚めた。

聞いたこともないほど厳しい口調の洲本と、何やら元気のない篤正の声だ。

——そうだおれ、柵の向こうに落っこちて足を捻挫したんだった……。

病院の待合室で会計を待つ間、篤正が話してくれた。

空港に到着するや、篤正は由高に連絡を入れた。ところが電話にもメッセージにも一向に返事がない。心配になって向かわせた洲本からの報告で、由高がひとりで桜子のところへ交渉に行ったことを知った。

すぐにピンときた。由高は桜子と面識がある。何より昔の『ラ・スリーズ』をよく知っている。ラスボスを倒すのは自分しかいない。由高はそう考えたのだろうと思った。

桜子に電話をすると、案の定由高が訪ねてきたという。

『由高さんにお土産を渡したわ』

楽しそうなその声に、長年のわだかまりが解けたのだと感じた。

家に帰ったらなんと言って褒めてやろう。そんなことを考えながら戻った自宅にいたのは、洲本と和希だけだった。由高の姿はなかった。

『私はてっきり社長とご一緒なのかと思っていました』

『俺も。あんまり遅いし全然連絡ないから、途中で社長と待ち合わせでもしているのかと』

洲本と和希が顔を見合わせる。桜子の話では、由高は三時間以上前に大樹苑を後にしているはずだ。慌てて電話をかけてみたが、やはり由高は出ない。

――何かアクシデントがあったのかもしれない。

取るものも取りあえず、洲本の車で大樹苑へと向かった。和希は『残る』と言ったが、人手が多い方がいいかもしれないと思い、月餅と一緒に連れていくことにした。それが幸運をもたらすことになる。

大樹苑に着き車のドアを開けるなり、和希が『うわっ！』と叫んだ。隙をついた月餅が半開きのドアから脱走したのだ。普段の鈍重さはどこへやら、ポインター並みのスピードで疾走する月餅を、三人は必死に追いかけた。

辿り着いたのは施設の庭の奥に設《しつら》えたベンチの前だった。月餅はベンチの奥、施設を囲う柵の向こう側に向かって吠え始めた。いつにない激しい吠え方に、三人はそこに由高がいると確信したという。

ていた由高を発見したのだった。

叫びながら霙で湿ったのり面を滑り下りる。五分後、果たして木の根元でぐったりとし

『由高！　そこにいるのか！　由高！』

声の限りに篤正は叫んだ。

『由高！』

洲本と和希と三人で土と霙にまみれた由高の身体を引き上げた。ベンチに横たえると、由高がうっすらと目を開け、月餅に向かって言った。

『月餅……おれ、なんだかとても眠いんだ……』

ひと言だけ残し、由高はまた目を閉じたという。

『由高！　しっかりしろ！　死ぬな！』

震える手で一一九番通報をしようとした篤正を、冷静に止めたのは洲本だった。

『落ち着いてください、社長。眠っているだけです』

洲本の機転で、施設に隣接している病院に由高を運んだ。すぐに目を覚ました由高は、足の捻挫と診断された。幸い他に大きな怪我もなく、湿布を処方されて篤正の家へ帰宅したのだった。

シャワーを浴びてベッドに横たわったことまでは覚えているが、どうやらそのまま眠り込んでしまったらしい。

それにしても業界大手企業の経営者が、秘書に向かって「だって」。先生に叱られた小学生のようにしおれた声に、ベッドに横たわった由高は目を閉じたまま笑いを噛み殺す。

「スウェーデンへ行かれることも、ユミさんとの関係も、片瀬くんにきちんとお話しすべきでした」

「帰国してから話そうと思っていたんだ。サプライズ……的な？」

「サプライズ？　意味がわかりません」

――篤正さん、やっぱりユミさんと旅行に行っていたんだ。

しかも行き先はよりによってサンドラの祖国、スウェーデン。残酷な事実に胸の奥がぎゅうっと絞られるように痛んだ。

「それと由高が柵から落ちたことは関係ないだろ」

「直接はありません」

「だろ？　こいつはこんな頼りない見た目だけどな、責任感が強いんだ。このプロジェクトにかける思いは想像以上に熱いんだ。俺が出張に行こうが行くまいが、思い立ったが吉日で、即行動する。そういうやつなんだ」

「片瀬くんが真面目で仕事熱心だということは、重々承知しております。私が申し上げているのはそのことではありません。片瀬くんは、足首以外に、もっとひどく痛めたところがあるはずです」

「なんだって？　医者がそう言ったのか？　足首以外は問題ないと言っていたはずだが」

「ですから」

洲本の短いため息をつく。

「ここですよ、ここ」

そっと薄目を開けると、傍らの洲本は自分の胸に手を当てていた。

「胸を打ったなんて俺は聞いていないぞ」

「胸を打ったわけではありません。片瀬くんが痛めたのは、ここの、中身です」

――洲本さん……。

洲本は由高が篤正に抱いている恋心に気づいていたらしい。

『心配しなくてもこのプロジェクトは絶対に成功させます。だから大船に乗ったつもりでいてくださいと、社長に伝えてください』

にっこり笑った由高に、洲本はなぜか複雑な顔をした。由高の笑顔が精一杯の強がりだと気づいていたのだろう。

「社長がユミさんと一緒だったことにも、片瀬くん、気づいていたかもしれませんよ」

「ユミと一緒だと何か問題でもあるのか」

「ありありです。むしろ『ない』と思われる社長の気持ちが私にはわかりません」

呆れたように洲本がまた嘆息する。

「片瀬くんは、社長とユミさんの関係を知らないんですよ？」

「だからそれの何が問題なんだ」

「ああもうっ、なぜおわかりいただけないんですか」

イライラがピークに達したらしく、洲本は両手で頭を抱えた。こんな洲本の姿を見るのは初めてだ。

「俺が鈍いとでも言いたいのか」

「おっしゃる通りです」

ピシャリと封じられ、篤正は大きく目を見開いた。

「まさかこれほどまでに鈍感な方だとは思いませんでしたが」

「また……ずいぶんな言われようだな」

篤正がぶうっと頬を膨らます。これではどちらが社長なのかわからない。

「この一週間というもの、片瀬くんがどんな思いをしていたか、想像なさったことがおありですか？」

「どんな思いだ。お前は知っているのか？」

知っているなら教えてくれとばかりに詰め寄る篤正に、洲本はこめかみを押さえて首を振った。

「絶望的ですね。片瀬くんがあれほど辛そうにしていたのに、まったく気づかないとは」

「辛そう？　俺の前ではいつも楽しそうだったぞ？　プロジェクトにしても、期待以上の成果を上げてくれた」

「ええ、そうでしょうね」

「洲本、お前は一体何が言いたいんだ」

篤正も苛立《いらだ》ちを隠そうとしない。ベッド越しに飛び交う会話の緊迫感に、由高はひっそりと固唾を呑む。

「片瀬くんがあれほど頑張っているのは、誰のためだとお思いですか？　単純な責任感だけで先代夫人のもとへ単身乗り込んでいくとお思いですか？」

――洲本さん、もういいです。それ以上言わないで。

お願いだから。由高は掛布団に隠れた唇を嚙んだ。

「あんなに辛そうにしている片瀬くんに、本当のことを話してあげられなかった。私がどれほど心苦しかったか――あ、片瀬くん、目が覚めましたか？」

薄目を開けていることに気づかれてしまった。洲本の声に、篤正が勢いよく振り向く。

「大丈夫か、由高。気分は悪くないか？」

「すみません、起こしてしまいましたね」

右から篤正が、左から洲本が顔を近づけてくる。ゆっくりと上半身を起こすと、篤正が背中に手を添えてくれた。伝わってくる温もりが優しい。けれどそれは自分のものではないのだと思うと、またぞろ胸の奥が痛んだ。

「平気です。おれのドジのせいで、みんなにご迷惑おかけしました」

すみませんでしたと頭を下げると、洲本が椅子に置いた上着を素早く手に取った。

「あとはおふたりでゆっくりお話しください。私はそろそろお暇《いとま》いたします」

「ああ。今日は助かった。いろいろとありがとう」

「仕事ですから」

見送ろうとする篤正を「ここで結構です」と制すると、洲本は由高に向かって「お大事に」と優しく微笑み、部屋を出ていった。

玄関の閉まる音が聞こえると、篤正は俯いたまま大きなため息をひとつついた。

「すみません……声をかけるタイミングがわからなくて」

「構わない。どこから聞いていた」

「だってもあさってもありません、あたりからです」

篤正は「そうか」と小さく頷き、ベッドサイドの椅子に腰を下ろした。

突然沈黙が落ちる。重苦しい空気に耐え切れず、由高は軽口をたたく。

「洲本さんって、秘書になるために生まれてきたみたいな人ですよね」

「ああ、そうだな」

「いつも冷静でホントかっこいいです」

篤正はちらりと視線を上げた。

「かっこいい？　俺は時々あいつが怖いよ。実は心の中でデーモン洲本と呼んでいる」

「デーモン……」

さっきのやりとりを見ていると、そう呼びたくなる気持ちはわからなくもない。クスクス笑う由高に、篤正はようやくその表情を緩めた。

「お前に何かあったらと思ったら、生きた心地がしなかった」

そんな優しいことを言わないでほしい。余計に辛くなってしまうから。

「……大袈裟です」

「大袈裟なもんか。本当に死んじまったと思ったんだぞ」

篤正は怖いくらい真顔だった。由高は「すみません」と首を竦めた。

「お前が『なんだか眠い』とか言うから……焦った」

悲しいラストのアニメが脳裏を過ったのだと、篤正は照れたように鼻の頭を掻いた。パトラッシュとは似ても似つかないけれど、月餅がいなかったらあのまま凍死していたかもしれない。

「パグは本来嗅覚《きゅうかく》が弱い犬種なのに、月餅のやつ、よく由高の居場所がわかったな」

「多分、おれがそこにいるとわかって吠えたんじゃないと思います」

大樹苑に着いた途端、三日前に柵の向こうにミニクッションを落としたことを思い出したのだろう。下に由高がいることを教えようとしていたわけではなく、単に落としたミニクッションを取ってほしくて吠えたのだ。

「それでも結果としてあいつはお前を助けた」

「そうですね」

「愛の成せる業だと俺は思うぞ」

――愛。

たった二文字の言葉が胸に深く突き刺さる。

洲本の言う通り、捻った足首より何倍も心が痛い。

「由高、悪かった。どうやら俺は、知らないうちにお前を傷つけていたらしい」

「…………」

篤正は何も悪くない。婚約者を出張に同伴させることは公私混同かもしれないが、由高が口を挟む問題ではない。

勝手に篤正を好きになり、勝手に失恋して、勝手に傷ついた。それだけのことだ。

答えない由高を、篤正がじっと見つめる。

「あの夜お前、すぐに眠ってしまって……だから全部、帰国してから話そうと思っていたんだ」

結婚の報告を、由高は心から祝福してくれる。そう信じ切っている様子だった。

残酷すぎるサプライズに、胸の奥がギシギシと軋《きし》む。息が苦しくなる。

「おめでとうございます」

絞り出すようにようやく紡いだひと言に、篤正は「ん?」と首を傾げた。

「ご結婚なさるんですよね」

みっともないくらい声が震える。由高は布団の上の拳を握りしめた。

篤正が好きだ。幸せになってほしいと思う。けれど心から「おめでとう」と言えるまでには、果てしなく長い時間がかかりそうだ。

「結婚? 俺が? 誰と……」

篤正がぽかんと口を開いた。そして次の瞬間、ひゅっと大きく息を呑む。

「そうか。そういうことか」

篤正は両手で自分の髪をガシガシと乱暴に掻き乱し、深く俯いた。

——旋毛《つむじ》だ……篤正さんの。

目にするのは最初で最後かもしれないきれいな旋毛を、せめて記憶に残したい。涙をこらえる由高の前で、篤正がすっくと立ち上がった。

「ちょっと待ってろ」

そう言って篤正は部屋を出ていった。数秒後、戻ってきた彼の手には大きなボストンバッグがあった。

「これを、お前に見せたかった」

篤正はバッグから一枚の写真を取り出し、由高に差し出した。高校生くらいだろうか、いかにも利発そうな少年がダイニングと思《おぼ》しきテーブルを前に座っている。

「これってもしかして」

「俺だ。鼻っ柱の強い、実に生意気なガキだった。それよりここ、見てくれ」

篤正がテーブルの上を指さした。そこに置かれた皿には、白くて丸い、まるで月餅の背中のような可愛らしいケーキが載っている。

「セムラ……」

「実はこれを探しに、スウェーデンへ行ってきたんだ」

「……え？」

篤正が次に差し出したのは、丸く薄い一枚の紙だった。ちょっぴりユニークな顔をした鳥をモチーフにしたその柄を目にした由高は、思わず「あっ」と声を上げた。

「これ、確か祖母が大事にしていたハンカチの柄です」

「覚えていたか」

「はい。確か桜子さんが、この柄をセムラの敷き紙に使ったって」

「写真をよく見てみろ」

促されるままに写真を凝視する。小さなセムラの下に敷かれている紙。ほんの一片しか映っていないけれど、確かにそれは目の前の敷き紙と同じ、サンドラがいつも持っていたハンカチの柄だった。

篤正は、当時セムラの敷き紙にだけ柄が入っていたことを記憶していた。元祖『ラ・スリーズ』の味を復刻すべくプロジェクトを立ち上げたことを報告に行った日、桜子はけんもほろろだった。しかしセムラの話になると一変、表情を綻ばせて言ったという。

『あの柄はね、よく店に来てくれたお客さんのハンカチの柄だったの。緑色の目をしたスウェーデン人で……』

篤正にはそれが、由高の祖母だとすぐにわかった。

「初代の『ラ・スリーズ』でセムラを出していたのは、閉店の前年だけだ。しかも二ヶ月間だけ。写真はないだろうと諦めていたんだが……一枚だけ残っていた。奇跡的にな」

篤正がピン、と写真を指で弾《はじ》く。別作業をしている和希と由高以外の開発部の面々に写真を見せたところ、あまりの可愛さとセンスの良さに「すべての復刻ケーキにこの敷き紙を使用しましょう」という話になった。満場一致だったという。

「最初は、当時の記憶を頼りに似たような柄を日本で作ろうと考えた。けど、どうせ使うなら本場の物の方がいいに決まっている。こうして一枚だけだが写真が残っていた。道があるのなら妥協はしたくなかった」

真一文字に口を結ぶその顔は、やり手の経営者そのものだった。

「それでいろいろと手を尽くして調べるうちに、本物が手に入ることがわかったんだ」

鳥の柄は、ストックホルムから一時間のところにある田舎町の、小さな雑貨屋のオリジナルだった。ハンカチや敷き紙だけでなく、食器やカトラリー、アクセサリーなどもあり、すべて今もその店で手に入ることがわかったのだという。

「それでスウェーデンに……」

「レストランで出す食器やちょっとしたチャームなんかも、同じ柄で統一して、元祖『ラ・スリーズ』復刻の目玉にしようと思ったんだ」

「それで交渉は……？」

「上手くいった。ユミが一緒に来てくれたおかげだ」

懐かしいハンカチの柄に綻びかけていた心に、冷や水を浴びせられたような気がした。

唇を噛んで項垂れる由高の頭に、篤正が手を伸びる。

――そんなことするから、勘違いしちゃうんだ。

身勝手な優しさを振り払おうとしたが、篤正の長い手に搦め取られてしまう。

「由高……」

「触らないで、くださいっ」

ずるい人だ。睨み上げたら、こらえきれず涙が零れた。

「俺の勘違いだったら許してほしいんだが、もしかしてお前、俺がユミと結婚すると思っているのか？」

何を今さら。由高はさらに強く唇を嚙みしめる。頷くことすらできずにいる由高に、篤正は「やっぱり」と嘆息した。その声の穏やかさが、余計に胸を抉った。

「さっき洲本が、月餅みたいに鼻息を荒くして怒っていた意味がやっとわかった」

頰を伝う涙に、篤正が指を伸ばす。振り払おうとしたのに、やっぱり搦め取られてしまう。これじゃ恋人同士のじゃれ合いみたいだと思ったら、また涙が溢れた。

「ユミは俺の従姉《いとこ》だ」

「……へ？」

――従姉……？

由高はゆっくりと顔を上げた。

そこにいたのは、これまでで一番穏やかな瞳をした篤正だった。

「もう十年近く、コペンハーゲンで暮らしている」

母方の従姉に当たる優美《ゆみ》は、篤正よりふたつ年上で、大学を卒業後総合商社に入社した。数年後、コペンハーゲン勤務を命じられたことがきっかけで北欧の暮らしの素晴らしさに目覚め、商社を退社した。

「優美は語学が堪能《たんのう》で、デンマーク語の他にも数か国語を話せる。スウェーデン語も堪能だ。ちなみに現在は、フィンランド人のパートナーとふたりで小さなレストランを経営している」

「パートナー……？」

濡れた瞳を大きく開く由高に、篤正はゆっくりと頷いた。

「優美は結婚しているし、子供もいる」

今回のプロジェクトの件で篤正は優美に協力を仰いだ。年上の従姉はふたつ返事で了承し、スウェーデンの田舎町の雑貨屋との交渉を買って出てくれたという。

「じゃあ、本当に出張だったんですか」

「そう言っただろ。一体なんだと思っていたんだ」

「優美さんとの……旅行かと」

項垂れる由高に、篤正は「なんだそれは」と嘆息する。

「俺が洲本に『出張だということにしておいてくれ』と頼んだとでも？」

「だって」

またひと粒涙が頬を伝った。ゆっくりと伸びてくる指を、由高はもう振り払わなかった。

「だって、なんだ」

「だって、だったらどうして、行き先とか目的とか、最初にちゃんと教えてくれなかったんですか」

別室で仕事をしていても、由高も和希もプロジェクトの一員だ。出張の趣旨を聞いていればこんな誤解をせずに済んだのに。

「それについては悪かったと思っている」

「ひどいですよ。おれはてっきり婚前旅行だとばっかり」

篤正の指が頬に触れる。拭う傍からまた涙が零れ、優しい指を濡らす。

「なぜ泣くんだ、由高」

「…………」

意味もなく頭を振ると、篤正が小さく笑った。

「なぜ俺が優美と婚前旅行に行くと、お前は泣くんだ？」

ん？　と顔を近づけてくる。涙で滲んでいても、やっぱり篤正は最高に素敵だ。

「すみません……篤正さんは、公私混同するような人じゃないって……ちゃんとわかっていたはずなのに」

たどたどしく紡いだ台詞を、篤正は気に入らなかったようだ。

「謝れなんて言っていない」

「でも……」

「俺はお前が思っているような完璧な人間じゃない。なにせ公私混同しまくりだからな」

——公私混同？

由高はのろりと顔を上げる。

「スウェーデンで、俺がずっと何を考えていたかわかるか？」

「……プロジェクトのことですよね」

「それもある。けど……我ながら呆れるほど、別のことばかり考えていた」

篤正は椅子から立ち上がり、ベッドの端に腰を下ろした。肩先が触れるほどの距離に、頬がぽっと熱くなる。

「お前のことだ、由高」

「え？」

「何を見ても何を食べてもお前の顔が浮かんだ。お前が来たがっていた国……その風景を俺は見ているんだなと思っていた」

「あっ……」

『祖母の祖国ですから、いつかは行ってみたいなあと夢見ているんですけど……』

初めて会った夜、そう打ち明けた由高に篤正は言った。

『夢というのは、諦めずに思い続けているといつか叶《かな》うらしいぞ』

あの夜の会話を覚えていてくれたなんて、思いもしなかった。

「次は必ずお前を連れてこよう。亡くなったお祖母さんの祖国をその目で見せてやろう。そんなことばかり考えていて、ユミに何度も怒られた」

「どうしてそこまでおれのことを……」

「好きだからに決まってるだろ」

由高は息を止め、パシパシと瞬《まばた》きを繰り返した。

——今……なんて？

「お前が好きだ」

一瞬、息が止まる。

「じょ、冗談はやめてください」

好きになりすぎてまた幻聴を聞いたのだろうか。極限まで目を見開く由高に、篤正は胡《う》乱《ろん》げに眉を顰《ひそ》める。

「この期に及んで冗談？　お前の中で俺はどんな鬼畜なんだ。そもそも俺がお前を居候させていること自体、立派な公私混同だろ」

由高は耳を疑った。

「だってそれは、おれが絶対味覚を持っているからじゃ」

プロジェクトの成功に直結する特殊な能力を持っていたから、特別待遇をしてくれたのだと思っていた。しかし篤正は首を横に振った。

「以前にも言ったが、うちの会社には社宅も寮もある。お前の才能に縋《すが》ったことは確かだが、だからといってそれだけで自宅に居候させたりしない。犬に関しては言わずもがなだ」

篤正は鼻の頭に皺を寄せるが、そんな顔をするほど月餅を嫌っていないことを、由高はもう知っている。

「でも、篤正さんには婚約者がいるんじゃ」

「婚約者？」

「社内でその……噂になっているって……聞いたんですけど」

おずおずと尋ねる由高に、篤正は「ああ、それな」と肩を竦めた。

「耳には入っている。出所はわからんが、好都合だから放置している」

「好都合？」

「言っただろ？　迷惑なくらいモテると」

直接言い寄られるのみならず、仕事先からも頻繁に縁談を持ち込まれ、辟易《へきえき》しているのだと篤正は苦笑した。

「毎度毎度、断るのは面倒だからな」

「……ですよね」

「毎度毎度、事情を説明するのも面倒だ」

「……ですね」

「俺はゲイなのでどうぞお引き取りくださいと」

ですよね、と頷きかけて、由高は「え？」と目を見開いた。

「ゲイ？」

「ああ。俺はゲイだ。お前と同じ」

由高はひゅっと息を呑む。

「な、なんで言ってくれなかったんですか！」

「言ったらお前が警戒して出ていってしまうかもしれないと思ったんだ」

「出ていくわけ、ないじゃないですか」

だから最初の夜、鍵をかけておけなどと言ったのだろうか。

宿なし職なしだった由高に、出ていくあてなどありはしない。篤正だってよく知っているはずなのに。呆れて脱力する由高に、篤正は続ける。

「そもそも俺は人と一緒に暮らすのは苦手なタチなんだ。基本的に、ひとりが一番落ち着く。ただ、お前は特別だ」

そう言って篤正は、由高の頬を両手でふわりと挟んだ。

近づいてくる顔に、ドクンと鼓動が跳ねる。

「夜の公園で人のケーキを一気食いするわ、酔っぱらって童貞宣言するわ、コネはズルだとか正論を振りかざすわ……挙句の果てに『むらさき大根』とか言い出すわ」

話しながら篤正がクスクス笑い出す。「むらさき大根」がなぜ「挙句の果て」なのだろう。

「お前といると心が休まる。へとへとになって帰ってきても、お前の『お帰りなさい』を聞くと魔法みたいに疲れが消えていく。一生ひとり暮らしでも構わないと思っていたけれど、お前とならふたり暮らしもいいなと思った。そんなふうに思えた相手は、お前だけだ」

そんなふうに思っていてくれたなんて、思いもしなかった。

「お前を傷つけるやつは誰だろうと絶対に許さない。お前のことは俺が身を挺《てい》して守ってやる。心の中でそう決めていた」

「篤正さん……」

多賀からの連絡を取りつぐなと、篤正は洲本に言い渡した。

『きみのことを大切に思っているから、心配になるんだと思います』

洲本はそう言ってくれたが、あの時はとても信じられなかった。

あの日公園で冷え切った両手を包んでくれた篤正の手のひらが、今は頬に当てられている。ドクンドクンと鼓膜を打つ鼓動の音が、どんどん大きくなってくる。

「最初の夜、『心配なら、内側から鍵をかけておけ』と言ったよな」

「……はい」

「でもお前は一度も鍵をかけなかった。それをいいことに俺は、時々お前の寝顔を覗きに行っていた」

「そ、そうだったんですか？」

出張前、眠ったふりをした自分の頬に当てられた手のひらの温度を思い出した。

「あんまり可愛いからいつも襲いたくなって……わりと大変だった」

篤正が自分を好き？　襲いたくなった？　信じられない台詞の連続に軽い目眩を覚える。

本当の自分は今、天国に向かう途中にいて、人生の最期に都合のいい夢を見ているだけなのではないか。

――夢なら醒《さ》めないで……。

「襲ってくれればよかったのに」

気づいたらそんなことを口にしていた。

「好きなら、迷ったりしないで襲ってくれたらよかったんです」

「……由高」

「おれの気持ちに、気づいていましたよね？」

濡れた瞳で見上げると、頬に当てられた篤正の手がピクリと動いた。

「多分そうなんじゃないかなとは思っていたが……自信がなかったんだ」

「……え」

「月餅を叱ってしまったって落ち込んでいた夜、お前、俺から逃げたよな」

『俺に触られるのが嫌なのか』

あの夜、篤正はそう言った。もっと甘えてほしいと言ってくれたのに、由高は自室に逃げ込んだ。

「壊れ物にでも触るような気持ちで抱き寄せたんだ。鼓動がお前に聞こえてしまうんじゃないかと心配になるくらいドキドキして……中学生に戻った気分だった」

「おれもです。すごくドキドキして……篤正さんに気づかれたらどうしようって」

「だから逃げたのか」

「……はい」

「バカだな……お互いに」

ゆっくりと篤正の顔が近づいてくる。

鼻先にかかる吐息の温もりを感じながら、そっと目を閉じた。

「……んっ……っ……」

押しつけられた唇は、想像していたより冷たかった。自分だけが先走って体温を上げているようで恥ずかしい、なんて考えていられたのは最初だけだった。

歯列を割って入ってきた舌は、同じ人間の一部とは思えないほど熱かった。

「ふっ……っ……んっ」

隠し持っていた情熱を見せつけるように、篤正がキスを深める。肉厚の舌が由高のそれをぬるりと搦め取る。身体の奥からぞくりと湧き上がってくる感覚に、甘い目眩を覚えた。

――篤正さんと、キス……してる。

ぼーっとしている間に、頭の後ろを強く掴まれた。まるで「逃がさないぞ」と伝えたがっているような力だ。敏感な口内をねっとりと舐め回され、頭の芯《しん》が真っ白になる。

「んっ……ふっ……ん……」

キスを交わしながら、篤正は片手で器用にパジャマのボタンを外していく。ほんの数秒で由高はつるりと半裸にされてしまった。そのままゆっくりとベッドに倒された。

「足を痛めているところ申し訳ないが」

篤正はそう言いながら、シュッと勢いよくネクタイを引き抜く。いつにない粗野な仕草に喉がゴクリと浅ましく鳴った。

「キスだけで終わらせるのは無理そうだ」

これもまた見事な手際でボタンを外すと、あっという間にワイシャツを脱ぎ捨てる。目の前に現れた胸板は想像以上に分厚くて、頬がカッと熱くなる。

「……おれも、キスだけなんて嫌です」

「それを聞いて安心した」

微かに口元を緩め、篤正が覆いかぶさってくる。夢にまで見たその重みに、由高はうっとりと目を閉じた。

「あっ……」

篤正の唇が、由高の白い首筋に落ちる。鎖骨の形を確かめるようになぞり、徐々に下へと下りていく。

「……あっ、やっ」

胸の小さな突起をちゅっと吸われた途端、えも言われぬ快感が突き上がってくる。

「そこ、ダメ……」

「どうして？　月餅には吸わせていただろ」

驚いたことに、篤正は真顔だった。

「げ、月餅は犬です」

「犬でも猫でも狸《たぬき》でも、お前のここを吸っていいのは俺だけだ。すでに月餅にも忠告済みだ」

それ、聞いていました。とは言えずにいる由高のそこを、篤正はなおも意地悪に責める。

「ああっ……あっ、やぁ……ん！」

吸い上げた粒の先を舌先で押しつぶされ、思わず高い声が上がる。嫌だと身を捩ってても意地悪な愛撫《あいぶ》はやまない。それどころか篤正は、敏感に勃《た》ったそこにカリッと軽く歯を立てた。

「あ、ああっ、……や、めて……」

甘ったるい快感が全身を駆け抜け、泣きたくないのに涙が滲む。

「そんな声で拒まれても、無理」

そんな声とはどんな声なのか、由高自身にわかるはずもない。ようやく乳首から離れた唇は、肉の薄い腹を擽る。下腹に舌を這わせながら、パジャマのズボンをずるりと引き抜かれた。

「あっ……」

恥ずかしい欲望が、篤正の前に晒《さら》される。思わず両手で隠そうとしたが、素早く阻止されてしまう。

「なんで隠すんだ」

「だって……」

男のくせにやけにきめの細かい肌も、肋骨《ろっこつ》や腰骨が浮き出た身体も、育ち損ねた少年のようで恥ずかしい。

「そんなに、見ないでください」

「どうして？　きれいな身体だ」

篤正はそう言うと、由高の太腿《ふともも》を左右に割った。下腹につきそうなほどしっかり勃起《ぼっき》した中心に、一層熱の籠った視線が注がれる。その奥に宿る光はいつもの怜悧な色ではなく、本能を剝《む》き出しにした獣のそれだった。

「先っぽが濡れている」

「……っ」

「いやらしいな」

湿った囁きの方がよほどいやらしいと思う。卑猥《ひわい》な台詞に煽《あお》られ、由高のそこはさらに硬さを増す。篤正は由高の腰を左右からホールドすると、ゆっくりと股間《こかん》に顔を埋めた。

「あっ……」

濡れた先端に熱い舌がねっとりと絡みつく。細い腰が戦慄《わなな》いた。

「……はっ、ぁぁ……」

自慰は思い出したように時々する。けれどこんなにも強烈な、身体の芯が溶けていくような快感を得られたことは一度もない。

――篤正さんだから……。

篤正の舌だから、篤正の唇だから、こんなに感じてしまうのだ。

「あ……やっ、めっ……それっ」

感じすぎてしまうからと伝えたいのに、篤正は聞く耳を持たない。先端の敏感な割れ目を舌先でチロチロと刺激され、眦に涙が滲んだ。指で作った輪で、根元からゆるゆると扱《しご》き上げられ、由高はたまらず篤正の髪を摑む。

「やっ、もう……しないでっ」

涙目で頬を上気させる由高に、篤正が「どうして？」と尋ねる。答えなど、もうわかっているくせに。

「ああっ、あっ、や……っ！」

裏側を走る特に敏感な筋を、舌で舐め回され、思わず背筋が反る。二十二歳にして経験値ゼロの由高は、急速に高まってくる射精感とどう戦えばいいのかを知らない。

「篤正さっ、んっ……も、もう、ダメッ……」

死ぬほど恥ずかしいのに、たまらなく感じてしまう。

「ダメ？　何が？」

「も、もう、ああっ……」

このままでは口の中に射精してしまいそうです。冷静に告げる余裕はもうなかった。高みに届こうとする由高に気づいているのかいないのか、篤正はあろうことか一番敏感な先端の割れ目に、ぐっと舌先をねじ込んだ。

「あっ……で、出ちゃっ……ひっ！」

一瞬のことだった。両手足を突っ張らせ、由高は激しく果てた。

「あ……ぁ……っ……」

ビクビクと身体が戦慄き、全身がざあっと粟立《あわだ》つ。

「……っ……くっ……」

ドクドクと吐き出される白濁はしかし、由高の下腹を汚さなかった。恐る恐る目を開くと、あろうことか篤正はまだ由高を咥えたままだった。

「ちょっ、何してるんですかっ」

弛緩《しかん》した身体を起こそうとすると、篤正がようやく顔を上げた。見せつけるように喉仏を上下させる篤正に、由高は大きく目を見開いた。

「の、飲んじゃったんですか」

「いいだろ。ずっとしたかったんだから」

「ずっと……？」

「このひと月半、俺が頭の中でお前に何をしてきたか、教えてやろうか」

ニヤリと歪める唇の端が、由高の体液で濡れている。あまりに卑猥な光景に、脳の奥が沸騰しそうな気がした。

「……結構です」

「そうだな。聞かない方が賢明だ」

口に出すのも憚《はばか》られるようなことをされていたということなのだろうか。

「けど徐々に実行するつもりだから覚悟しておけ」

恐ろしい宣言をしながら、篤正がズボンを脱ぎ捨てた。

――うわっ……。

目の前に現れた欲望の猛々《たけだけ》しさに、思わず視線を逸らしてしまう。

「怖いか？」

「……ちょっとだけ」

「初めて……なんだよな？」

頬を赤らめてコクンと頷くと、篤正の瞳がふっと優しくなる。

「そうだよな。怖いよな。足のこともあるし、今夜は無理に――」

「嫌です！」

気づいたら大きな声を出していた。

「やめないでください。おれ、大丈夫ですから。最後までしてください」

「……由高」

「ここでやめられる方が地獄です」

「地獄って」

篤正がふっと微かに笑う。

「俺もだ。お前のこんな姿を目の前にして、やめられるわけがない」

「篤正さん……」

「優しくできなかったら、ゴメンな」

そうは言ってもきっと優しく抱いてくれるはずだ。そんな都合のいいことを考えていられたのは、この時までだった。

「ああ……やっ……ぁぁ……」

自分の膝を抱きかかえ、秘めた孔を篤正の前に晒す。羞恥《しゅうち》に眦を濡らす由高に、篤正は優しいキスをくれた。長い指が、秘孔の襞《ひだ》に触れる。

「……っ……」

思わず身を硬くする。

「力、抜けるか？」

長く節だった指が、襞を広げてぐうっと中に入ってくる。

「……んっ……ふっ……」

「そう、上手だ。痛くないだろ？」

小さく頷くと、指が少し奥へと入り込む。

「あっ……やっ……ん」

奥へ進んだかと思うと、また入り口に戻る。内壁を深く抉られると、喉奥から甘ったるい声が漏れるのを止められない。

「あぁぁ……んっ、んんっ、……ふ」

二本、三本といつしか指が増やされるうちに、萎《な》えたはずの由高の中心は、またしっかりと芯を取り戻していた。

ゆっくりと時間をかけて解《ほぐ》される。むず痒《がゆ》さと圧迫感の入り混じった、どこかもどかしい感覚に身を委《ゆだ》ねていた時だ。

「あっ」

篤正の指がそこに触れた瞬間、それまでとは桁違《けたちが》いな快感が突き上げてきた。

「ここか」

「な、何っ、今の」

「ん？　由高のいいところ」

前立腺《ぜんりつせん》なのだと篤正が教えてくれた。

感じる場所を探り当てた篤正は、そこばかりを執拗《しつよう》に責めた。

「やぁぁ……んっ、あっ、ダメ……ぇ」

「ダメ？　どうして」

「だって……あぁ……んっ」

波のように襲ってくる快感に、意識が朦朧《もうろう》とする。

「篤さっ……ん」

「ん？」

「すごく……いい」

「どこが？」

「指で、ぐりぐりって、してるところ」

「ここか？」

一番感じる場所から、ほんの少しズレている。意図してなのか偶然なのか、由高の腰はもどかしさに震える。

「もうちょっと、奥……さっきのところ」

「ここ？」

「ああっ、そこっ」

してほしい場所をくりくりと刺激され、由高は高い嬌声《きょうせい》を上げた。

「篤正さんの指、気持ちいい……」

とろんと潤んだ声で告げると、篤正は呆《ほう》けたように眉をハの字に下げた。

「まったく……予想外だな」

「……へ」

「ますますお前に惹《ひ》かれたってことだ」

秘孔を弄《いじ》っていた指がずるりと抜かれる。

「あぁ……やっ、抜いちゃ」

素直な気持ちを口にすると、篤正はますます眉尻を下げた。

「俺を煽るなんて、いい度胸だな」

煽ったつもりなどないのに、篤正は「どうなっても知らないからな」と覆いかぶさってきた。

「挿《い》れるぞ」

低い囁きに、全身の産毛がざわりとする。小さく頷くと、篤正がその猛りを秘孔に押し当てた。

「……っ……」

想像以上の圧迫感に、息が止まる。篤正の肩に爪《つめ》を立てて歯を食いしばると、優しく背中を撫でてくれた。

「痛いか？」

「……だいじょ、っぶ……」

苦しいけれど、やめられるのは絶対に嫌だ。

篤正が欲しい。篤正とひとつになりたい。その思いだけが由高を支配した。

あやすようなキスを施しながら、篤正が入ってくる。一番奥まで受け入れることができた時には、ふたりとも汗みずくになっていた。

「入ったぞ、由高」

「篤正さんと……ひとつに？」

「ああ。ひとつになった」

結合部に手を導かれる。自分を貫く熱に触れたら、なぜだか涙が溢れそうになった。

——おれで感じてくれているんだ。

「動くぞ」

囁く声が熱っぽい。涼しげで凛《りん》としたいつもの篤正は、そこにはいなかった。

「あ……ぁぁ……んっ」

ゆるゆると抽挿が繰り返される。引き抜く寸前で留《とど》まり、また深く押し込まれる。

「やっ……あっ、ああっ」

さっき教えられたばかりの感じる場所を、太い先端で何度も擦られ、由高の唇からはひっきりなしに悲鳴のような嬌声が漏れた。

「あっ、ああ……篤正、さんっ」

「由高……可愛いよ」

「やぁ……んっ、すご、い……」

ぐちゅ、ぐちゅっと、湿った音が静かな寝室に響く。ふたりの粘膜が擦れあう音はひどく卑猥で、羞恥に耳を塞ぎたくなるけれど、篤正の本能が自分を求める音なのだと思うと心の奥底から嬉しさが込み上げてくる。

「あぁ……や、あっ、あぁっ」

「由高……」

掠《かす》れた声で篤正が呼ぶ。その表情から、次第に余裕がなくなっていく。

「篤、正さんっ……」

「由高……好きだ」

「おれも、好き……篤正さんが、好きっ……」

唇を乱暴に塞がれる。抽挿が速まる。

――好き……大好き、篤正さん……。

もう言葉を紡ぐことは難しい。由高は汗ばんだ愛おしい身体にしがみついた。

「由高……一緒に」

ふたりの下腹に挟まれて頼りなく揺れる中心を、篤正が手のひらで包む。激しく上下に扱かれながら、奥を突かれ、由高は喉を反らせて喘《あえ》いだ。

「あっ……もう、もっ、ダメ……」

「イッていいぞ」

「イク……イ、あぁぁ――っ」

がくがくと腰を震わせ、由高は爆《は》ぜた。ほぼ同時に耳元で篤正が「んんっ」と低く呻《うめ》く。最奥に叩きつけられる熱を感じ、篤正も果てたのだとわかった。

「……っ……」

二度目の絶頂は、一度目より激しく長く続いた。圧《の》しかかってくる重みが愛おしくてたまらない。

「由高……」

整わない呼吸で篤正が囁く。

「……愛してる」

——おれもです。

答えたいのに、唇を動かす力さえ残っていなかった。

眦に滲んだ涙を吸う唇の温もりを感じながら、由高は静かに意識を手放した。


「乾杯！」

「乾ぱ〜い！」

カチンと乾いた音がして、グラスの中のシャンパンが揺れる。

「あ〜〜、美味っ！　この瞬間のために頑張ってきたんだよな、俺たち」

グラスを一気に空け、和希が「くうっ」と泣き真似《まね》をする。

「うん。ホントに頑張ったよね、おれたち」

由高が応える。和希を真似て拳を目元に当ててみせると、周りの社員から「お疲れ」「お疲れさま」と次々に声がかかり、ふたりは顔を見合わせて照れ笑いをした。

四月のこの日、市内のホテルで小さなパーティーが開かれていた。参加しているのは『ラ・スリーズ』の開発部を中心とした数十人だ。

由高と和希の頑張りを桜子が最後に後押しする形で、三月末すべてのケーキの復刻が完了した。先日最後の砦《とりで》である企画審査で正式に承認され、いよいよ全社を挙げて動き出すところまで漕《こ》ぎつけた。まだ道の途中ではあるが、ひとまずの区切りだと篤正が労《ねぎら》いの場を設けてくれたのだ。

『さて。ここからが正念場だな』

審査が終わった直後、廊下を歩きながら篤正は唇を真一文字に結んだ。

『お前と桃川くんの頑張りを、無駄にするわけにはいかないからな』

正面を向いたまま篤正が呟く。その凛とした表情に、仕事を忘れて思わず見惚れてしまったことは内緒だ。

「それにしても由高って、見かけによらず度胸あるよな」

「え？」

「企画審査の時。全然緊張してないからびっくりしたわ」

「ああ、あれは」

難しい顔をした重役が並ぶ中、和希とふたりで会議室の正面に立たされた由高は、緊張のあまり半ば意識を遠のかせていた。足が竦み、目が霞《かす》み、手にしたレジュメがブルブルと震えた。

――もう和希に任せて逃げちゃいたい。

泣き出しそうになった時だ。ひときわ難しい顔をした重役に目が留まった。『専務』と札の出された彼の顔は、なんと愛犬・月餅にそっくりだった。

『日頃社長にいろいろと苦言を呈される専務が、瀬村さんとおっしゃるんですよ』

由高は思わず『あっ』と声を上げそうになった。

――あの人が、瀬村専務だ。

間違いない。でっぷりとした体軀《たいく》、たるんだ顔の皺、大きな黒目。気難しそうなのにどこか憎めない風貌《ふうぼう》は、月餅そのものだった。

――月餅、何してるかな。ちゃんと留守番してるかな。

ふんがっ、という間の抜けた声が耳に蘇った瞬間、ふっと身体の力が抜けた。

長テーブルの上座に座る篤正に目をやる。その唇が『だいじょうぶ』と動く。由高は腹に力を入れ、小さく頷いた。

初めてとは思えない落ち着いたプレゼンのおかげかどうかは定かでないが、最終的には瀬村をはじめとする反対派も含め、役員全員の賛同を得ることができたのだった。

「しっかし社長、本当に変わったよなあ」

皿のサンドイッチを摘《つ》まみながら、和希が囁く。その視線の先には、グラスを片手に商品開発部長と話し込む篤正の姿があった。

「そ、そうかな」

「変わった。確実に変わった。これは絶対に……愛の力だ」

ここだけの話だからなと前置きして、和希が耳打ちしてくれた。

パーティーが始まる直前、和希はトイレで篤正と鉢合わせた。気さくな口調で『その後彼女とは上手くいっているのか？』と尋ねられた和希は、結婚の噂についてそれとなく探りを入れてみたのだという。

『俺は元々結婚という形にまったくこだわりがない。束縛されるのはゴメンだし、法律上交わされた紙切れ一枚より、離れている一分一秒が惜しいと感じることの方が、真実だと思っている。けどな』

篤正は和希を振り返り、ふわりと柔らかく笑った。

『最近は束縛も悪くないと思うようになった。あらゆる手段を総動員してでも、死ぬまで俺のものにしておきたい。そう思える相手に出会ったからな』

「噂はやっぱり本当だったんだな」

篤正の相手は噂の婚約者だと、和希はまだ信じているようだ。

「死ぬまで俺のものに、とか、あの顔で言われたら女子はその場でキュン死だろうなあ」

女子じゃないけどキュン死しそうだ。由高はたまらず冷たいグラスを頰に当てた。

仕立ての良いスーツが、男らしい長身の体軀をこれでもかと引き立たせている。これほどまでにスーツの似合う男は篤正を置いて他にいないだろうと、遠くからひっそりと惚《ほ》れ直してしまう。

——まあ、スーツを脱いでも素敵なんだけど。

脳裏に浮かんだリアルな光景に、ボッと頰が熱くなる。

『……ああ、あっ、……篤正さん』

『由高はここがいいんだよな』

『ああ、そこ、そ、こっ……いいっ』

分厚い胸板に縋りついて、身も世もなくよがったのは昨夜のことだ。あれから篤正とは毎日のように身体を重ね、愛を確かめ合っている。居候はケーキの復刻作業が終わるまでという約束だったのに、篤正は由高が部屋を出ていくことを認めなかった。

家賃も払わず同居を続けることを申し訳なく思う由高に、篤正は言った。

『お前は俺の恋人だ。一緒に住みたいと思うのは当たり前だろ？　違うか？』

『それはそうですけど……』

『俺がお前と一緒にいたいんだ。お前がどうしてもアパートを探して出ていくと言うなら止めない。けどそんなことをしたら俺もそこに引っ越していくからなっ。いいなっ』

ガキ大将のように腰に両手を当てて宣言され、由高は笑い出してしまったのだった。

――結婚か……。

ここは日本だ。男同士の自分たちが結婚することは事実上難しい。それでもいつの日か篤正とふたり並んで、永遠の愛を誓いたいと思う。法律でも形式でもない、心の結婚式を挙げられたらいいなと思うのだ。

「由高、顔赤いけど大丈夫？」

「え？　ああ、ちょっと酔ったみたい」

「マジか。まだ一杯目だぞ。今夜はとことん飲む約束だろ？」

和希は肩を竦めてフルーツコーナーに向かった。

「ほら、これでも食って酔い醒ませ」

「サンキュ、和希」

差し出された皿には、色とりどりのフルーツが盛られていた。オレンジ、キウイ、パイナップル、そして。

「あ、これ、おれが好きなやつだ」

オレンジの傍らにちんまりと載せられていたそれは、初めて篤正の家に泊まった翌朝に食べたむらさき大根だった。どうやら昨今、由高の知らないところでむらさき大根をフルーツとして食べるのが流行しているらしい。

「へえ、由高、ドラゴンフルーツが好きなんだ」

「ドラゴンフルーツ？」

由高は首を傾げる。

「違うよ。おれが好きなのはこれ。この、むらさき大根」

フォークで刺して口に運ぶ。サクリとひと口齧ると、あの朝と同じフルーティーな甘みが口いっぱいに広がった。

「う～ん、美味しい。俺、知らなかったんだけど、最近のむらさき大根ってすっごく甘いんだね。品種改良が進んだのかな。まるで果物みたいな味だよね。あとこれ、胡麻《ごま》じゃなくてなんかの種みたいなんだけど、むらさき大根にまぶすのが流行《はや》ってるのかな……ん、どうしたの和希？」

和希が突然腹を抱えて蹲った。丸まった背中が小刻みに震えている。

「具合悪いの？」

心配する由高に「違う」と首を振り、和希がゆっくりと立ち上がった。眦にうっすらと涙が滲んでいる。どうやら笑っていたらしい。

「由高、お前ホント最高」

眦を指で拭いながら、和希はポケットからスマホを取り出す。そして素早く何かを検索し、由高の眼前に突き出した。

「何これ……」

その画面に目を落とした由高は、「あっ」と目を見開いた。手にしたフォークに刺さっているものと同じ、むらさき大根の写真だ。しかしそれにつけられたキャプションは――。

「ドラゴンフルーツ……」

真顔でスマホに見入る由高に、和希はとうとう天井を仰いで笑い出した。

「まさか由高、本気でむらさき大根だと思っていたのか？」

名前だけは知ってたけれど、見るのも食べるのもあの日が初めてだった。真っ赤になって項垂れる由高の前で、和希はぶーっと盛大に噴き出した。

「ネタだよな？　なあ、ネタだと言ってくれ。マジで、むらさき大根とか、あははは」

和希の大笑いに「何？」「どうしたの？」と近くの社員たちが寄ってきた。

「聞いてくださいよ。由高のやつ、ドラゴンフルーツのことを――」

嬉々《きき》として話し出す和希の肩越し、すらりとした長身のシルエットが見える。

『挙句の果てに「むらさき大根」とか言い出すわ』

あの時はなぜ「むらさき大根」が「挙句の果て」なのかさっぱりわからなかった。篤正が世にも可笑しそうに笑い出した意味が、今ようやくわかった。

ギリッと奥歯を鳴らして睨みつけると、何かを感じたのだろう、談笑中の篤正がゆっくりと振り返った。由高は翳りかけのドラゴンフルーツが刺さったフォークを、むんっと前に突き出す。

——なんで教えてくれなかったんですかっ！

口パクでも伝わったのだろう、篤正が慌てて視線を逸らした。薄笑いを浮かべて背を向ける瞬間、ペロリと小さく舌を出したのを由高は見逃さなかった。

——バレたか。

そんな声が聞こえてきそうな背中に、由高はずんずんと近づいていく。

トイレに逃げるつもりなのだろう、篤正がそそくさと会場を後にする。逃がすものかと由高もその後を追った。和希の周りでドッと笑いが起こる。

——逃がさないぞっ。

真っ赤な顔で憎らしい恋人を追う。

数十秒後、廊下の壁に張りつけられてスリリングなキスをされるなんて、これっぽっちも思わずに。

スパダリ社長は「待て」ができない

「ただいま」

玄関のドアを開けた途端、篤正《あつまさ》は「やっぱり」と苦笑した。

「君の……じゃない……ふんふん……けど……ららら♪」

ガーガーというドライヤーの音に紛れて聞こえてくるのは、時に流行歌だったり時に児童唱歌だったりと脈絡がない。

由高《ゆたか》がこの家で暮らすようになって間もなく一年になる。帰宅時、マンションのエントランスでインターホンを鳴らしても応答がない時、彼はかなりの確率でドライヤーをかけている。そしてドライヤーをかけている最中、かなりの確率で歌を歌っている。大声で。

「ららら……ふんふん♪」

今夜は流行りのJポップだろうか。由高の音程はかなり外れている。歌詞がわからない部分を「ららら」と「ふんふん」でごまかすのは仕方ないとして、以前に「朧月夜《おぼろづきよ》」を「そぼろ月夜」と歌っているのを聞いた日は、玄関で靴を脱ぎながらずっこけてしまった。

『そ～ぼ～ろ月夜～♪』

――あれは可愛《かわい》かったな……。

思い出し笑いを噛《か》み殺しながら、篤正は自室に向かった。足音を忍ばせたのは、脱衣所の由高に帰宅を悟られないようにするためだ。

何も知らない由高がリビングに戻ってきたところで、いきなり自室から「わっ」と出ていく。「うぎゃあっ！」とコントのように飛び上がって驚く由高は悶絶《もんぜつ》するほど可愛い……という話を先日洲本《すもと》にしたら、ゴキブリでも見るような目をされた。

秘書としては申し分のない男だが、洲本は少々頭が固い。彼が由高の比類なき愛らしさを理解するには数万年かかるだろうから、あえて同意は求めない。同意されても困る。

「さぁて。今日はどんな顔で驚くかな」

ワイシャツの襟ぐりを緩め、シュッとネクタイを抜き取ったところで、脱衣所にいた由高がリビングに入ってくる気配がした。篤正は自室のドアの前で耳を欹《そばだ》てる。

「月餅《げっぺい》、お待たせ〜」

「あんっ！」

これ以上ない上機嫌な鳴き声と軽快な足音。篤正の帰宅時と由高の帰宅時で、月餅はあからさまに吠《ほ》え方を変えている。この家の家主が一体誰《だれ》なのか、いつかはっきり教えてやらねばと篤正は思っている。

「パジャマ着るからちょっと待っ……あっ、こら、ダメだって」

「あんっ！　あうんっ！」

「月餅、こら、あはは、ダメ、くすぐったいってば」

——またじゃれ合っている。

篤正は眉間《みけん》に皺《しわ》をよせ、ドアに耳を押し当てた。

由高が月餅に乳首を吸われている現場に初めて遭遇したのは、ふたりがここに住み始めて間もない頃だった。その夜のうちにきっちり説教をしたのだが、月餅に反省の色は一切見られない。相変わらず由高が風呂《ふろ》から上がるのを待ち構えては、うっすらピンク色に染まった乳首に猛然と飛びつくのだ。

「くそ、羨《うらや》ま……腹立たしい」

篤正は拳《こぶし》を握る。あんな暴挙が許されていいはずはない。でも、もしも自分が犬だったら……という妄想を、篤正は激しく首を振ることで脳から追い出す。

「あうんっ」

「やめろって、月餅、あっ……」

短い「あっ……」に含まれた熱を、篤正は聞き逃さなかった。あれはただの「あいうえお」の「あ」ではない。ベッドの上で何度も何度も聞いた「あっ……」だ。

「ダメだってば、月餅。もうおしまい」

一緒に暮らし始めて、由高について気づいたことがふたつばかりある。

「あうんっ？」

ひとつは、かなり音痴だということ。

「篤正さんがいつもそこ、しつこくするからさ……」

もうひとつは。

「この頃、すごく敏感になっちゃったんだよね、乳首」

エッチのスイッチが入ると、猛烈にエロいということ。

「軽く吸われるだけで、感じるようになっちゃったんだ。だからもうこの遊びは終わりにしようね。おれの乳首はもう、篤正さんのものだから」

「そうだ。お前の乳首は俺のものだ」

「うわあっ！」

バン、と勢いよくドアを開けると、由高は驚きのあまりソファーから床に転がり落ちた。予想通りできの悪いコントみたいな驚き方だけれど、それがまたたまらなく可愛い。月餅は足を滑らせながらも、稀《まれ》に見る機敏な動作でドッグスペースへ駆け戻っていった。イケナイことをしていた自覚があるのだろうか。

「あああっ、篤正さん、帰ってたんですか」

「一応『ただいま』と言ったが？」

「すみません、聞こえなくて……あっ……」

さっきと比べて「あっ……」が微妙にエロくないのが悔しい。

尻餅《しりもち》をついたままの由高を床に押し倒す。

「あ、篤正さん、ちょっと待っ」

「待たない。お前がようやく認めてくれたんだ。待つ必要はないだろ。お前のここは、俺だけのものだ」

そう言って目の前にふたつ並んだ薄桃色の粒に、ちゅっと吸いついた。

細い身体《からだ》を仰《の》け反《ぞ》らせ、由高は今日一番にエロい「あっ……」を発した。

「聞いてたんですか」

「ああ、聞いていた」

由高は頬《ほお》を染め、恥ずかしそうに唇を噛んだ。そんな小さな仕草すら、篤正の劣情を直撃しているなんて思ってもいないのだろう。ちゅうっと、もう一度そこを強く吸う。

「ああっ……やっ……ベッドに……」

「ダメだ。ここでする」

「なんでっ……あぁ……」

――待てないからに決まっているだろ。

ボディシャンプーの匂《にお》いのする身体を抱き締めながら、篤正は心の中で呟《つぶや》いた。

あとがき

初めまして。もしくはこんにちは。安曇ひかると申します。

このたびは『スパダリ社長に拾われました～溺愛スイーツ天国～』をお手に取っていただきありがとうございました。ラルーナ文庫さんからの二冊目は、洋菓子メーカーの社長・篤正と、絶対味覚という特殊な能力を持ちながら、才能をまったく生かすことなく生きてきた、ちょっと天然な貧乏青年・由高の恋物語です。コメディー寄りの王道ラブストーリー、お楽しみいただけたでしょうか。いつもながらドキドキです。

えぇと……篤正のスパダリ感、ちゃんと出ていましたでしょうか？　一応業界大手の会社社長なのですが、夜中に犬に話しかけちゃったりして、徐々にスパダリの概念からずれていってしまったような……というか、自分の作品のタイトルに「スパダリ」なんて言葉が入る日が来ようとは。いやあ本当に奥が深いですね、スパダリって（←ごまかす）。

そしてパグです。こちらは準主役という大役をきっちり果たしてくれたような気がいたします。犬を飼ったことはないのですが、飼うならパグがいいな～と常々思っています。でも初心者には飼育が難しいようなので、今はネット動画を見て、よそさまの可愛らしいパグちゃんたちから日々癒しをもらっております。

タカツキノボル先生、思わず「きゃっ」と声が出てしまうような可愛らしいイラストをいただき感謝感激です。カバーに散らばったたくさんのケーキ♡　ど・れ・に・し・よ・う・か・なと、選びたくなってしまいます（由高は迷わず全部食べるでしょう）。そしてそしてやっぱり月餅！　可愛いすぎてキュン死しそうでした。お忙しいところ、本当に本当にありがとうございました。

末筆になりましたが、最後まで読んでくださったみなさまと、制作にかかわってくださったすべての方々に、心より感謝と御礼を申し上げます。本当にありがとうございました。

またいつかどこかでお目にかかれますように。

二〇二〇年　一〇月

安曇ひかる

本作品は書き下ろしです。

ラルーナ文庫

この本を読んでのご意見・ご感想・ファンレターなどお待ちしております。〒111-0036 東京都台東区松が谷1-4-6-303 株式会社シーラボ「ラルーナ文庫編集部」気付でお送りください。

スパダリ社長《しゃちょう》に拾《ひろ》われました

～溺愛《できあい》スイーツ天国《てんごく》～

2020年11月7日 第1刷発行

著　　　者｜安曇《あずみ》 ひかる

装丁・DTP｜萩原 七唱

発　行　人｜曺 仁警

発　行　所｜株式会社 シーラボ
〒111-0036 東京都台東区松が谷1-4-6-303
電話 03-5830-3474／FAX 03-5830-3574
http://lalunabunko.com

発　売　元｜株式会社 三交社（共同出版社・流通責任出版社）
〒110-0016 東京都台東区台東4-20-9 大仙柴田ビル2階
電話 03-5826-4424／FAX 03-5826-4425

印刷・製本｜中央精版印刷株式会社

 ISBN978-4-8155-3248-2